元女子高生、パパになる

杉山文野

Fumino Sugiyama

文藝春秋

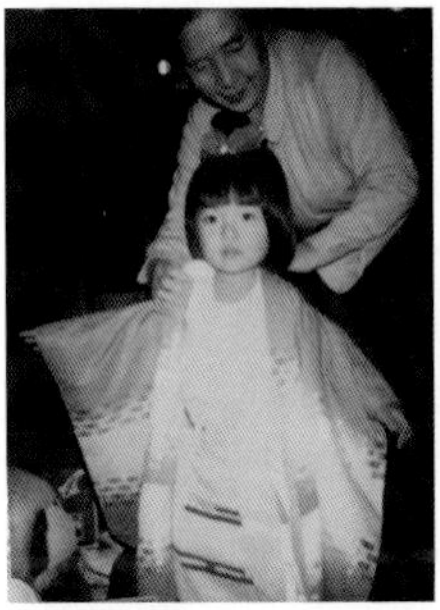

1981年、杉山家の次女として生まれる。
子どものころから活発だった。（左から2番目）

高校時代、女子校仲間と。右から3人目が僕。10歳から
フェンシングに打ち込み、中学3年で初めてJr.日本代表に
選ばれた。写真右はアジア大会が開かれたジャカルタで。

就職後配属された居酒屋で
杉本店長（左）と。
このころ今のパートナーと
付き合い始めた。

2015年、渋谷区の同性パートナーシップ条例の
成立後、大勢のメディアに取り囲まれる。

ゴンちゃんこと松中権さんと。
今は僕とパートナーと彼の
3人で子育て奮闘中。

さまざまな形で、LGBTQ
当事者の居場所作りを行った。
神宮前2丁目に作った
「Irodori／カラフルステーション」
にも、連日連夜、多様な人が
集まってくれた。

東京レインボープライドのパレードでは、共同代表として先頭を歩く。
2016年にはキャロライン・ケネディ米駐日大使が参加。
参加者は年々増え、2019年には2日間でのべ20万人が集まった。
写真下は2018年、浜崎あゆみさんのライブ直前、パンク寸前の代々木公園。

2018年11月、長女誕生。
こんな未来が僕に訪れるなんて、
思ってもみなかった。

元女子高生、パパになる

目次

装幀　城井文平
表紙写真　著者提供
口絵写真　TRP（東京レインボープライド関連）
KIYOHARA AKANE（「irodori」内観）
編集協力　松嶋ひろみ
DTP製作　エヴリ・シンク

元女子高生、パパになる

はじめに

「元女子高生です！」

と自己紹介をする僕は、現在39歳。ハゲつつある頭皮を気にしながら子育てに励むおじさんである。これでも昔は日本女子大学の附属校に、セーラー服とルーズソックス姿で通っていた。15年続けたフェンシングでは「女子」として日本代表選手も経験した元アスリートでもあるのだが、最近では40歳を目前にして、腹回りの肉もとれず、ますますおじさん化が進むばかり……。

だが、戸籍上はいまだに「女性」である。

現在は、飲食店の経営をしながら、ＬＧＢＴＱ（90ページ参照）の啓発活動を行っている。参加者が20万人を超えるイベントとなった「東京レインボープライド」、そのパレードの先頭で大きなレインボーフラッグを掲げて歩き、メディアのインタビューに答え、年間１２０本近い講演を行う。気づけば「活動家」と呼ばれるようになっていたのだが、僕自身は一度たりとも「活動家」になりたいと思ったことはない。「僕は僕です」と言ってあるがままに動き続けていたら、いつの間にか「活動家」になってしまった、そんな感じだった。

学校でカミングアウトをしては驚かれ、職場でカミングアウトすれば話題になった。ゴミ拾いのボランティア活動に参加しただけで「杉山さんは性同一性障害を乗り越えてゴミ拾いをしています！」という記事になる始末（掃除に性別は関係ないでしょ……）。

僕は誰よりも「普通」でありたかった。しかし、「トランスジェンダー」というフィルターが一枚かかるだけで、全てが普通ではなくなり、普通であろうとすればするほど、話題になってしまうのだ。

そして、ここ最近で一番話題になったのは、僕に子どもができたことだろう。ゲイの友人から精子提供を受け、体外受精によって、10年日々を共にする僕のパートナーが妊娠出産した。Webに掲載されたインタビュー記事は、日本の歴代のLGBTQ関連記事で最もシェアされた、と言われるほど反響は大きかった。しかし、これも同じく「好きな人との間に子どもをもうけた」という、ごくありふれた話のひとつのはず。なのだが、僕がトランスジェンダーということで大きな話題となってしまったのだった。

もちろん、僕の人生にとっても、子どもができたことは非常に大きい。

2018年11月、予定日より2週間ほど早く生まれた我が子の第一声を僕は一生忘れない。出産に立ち会っているときのドキドキ感、赤んぼうの頭が見えた瞬間のいいようのない興奮。そして、はじめて腕に抱いた時のこみ上げるような幸福感……。

自分の人生でこんなにも感動的な日が訪れるなんて。

2冊目の執筆となる今回は、この子のために書こうと思ったのがきっかけだった。2006年に刊行した1冊目の本『ダブルハッピネス』（講談社）には、杉山家の次女として生まれた僕が、家族や仲間にカミングアウトしながら自分を取り戻し、学生を卒業するまでを綴《つづ》った。

そこから社会に出て約15年。

僕個人としても、LGBTQを取り巻く環境も、目まぐるしい変化を遂げた。

先が見えず、死ぬことばかりを考えていた女子高生が、パパとなって人生を謳歌《おうか》する未来など、誰が考えただろうか。

この子には、自分の父親がどのように生きてきたか。どういう社会情勢の中で、どのような思いのもとに自分が生まれたのかを、いつか知ってもらいたいと思っている。もし自分の親がトランスジェンダーということで、また、血の繋《つな》がりがないということでアイデンティティに迷うことがあったとしても、多くの人に望まれて愛されながら誕生したということを、いつでも実感できるようにしておきたいのだ。

本著では僕がこれまで「普通でありたい」と動き続けて、ようやく形になった4つの大きな出来事――東京レインボープライドのこと、同性パートナーシップ条例のこと、パートナーとその家族とのこと、子どものこと――を中心に描いた。僕のこの15年の気持ちの整理を兼ねた活動記録、といったところだろう。

と同時に、前著同様、おこがましいようだが、僕が経験してきた物事や考えは、社会が複雑化する中で「自分の普通」と「周りの普通」が噛《か》み合わず、苦戦する多くの人にとっての、生きるヒントにつながれば、と思いを込めたつもりだ。

多様性が社会のさまざまな場面で謳《うた》われるようになって久しい。しかし、実際にはどれだけの人が、互いの違いを認め合いながら、本来の自分を活かすかたちで生きているだろうか。ルール（制度）とリアル（実生活）がチグハグになりすぎてしまった今の日本社会の中で、ありのままの姿で生きるのはあまりにも難しい。また、新型コロナウイルス感染症の拡大もあり、さらに先が見えない混沌とした世界で自分らしく生きるためには、どうしたらよいのだろう……。

この本は、セクシュアリティにまつわるエピソードが中心だが、他の課題に置き換えてみても共通するヒントが見えてくるかもしれない。

何のために生きるのか？
どんな自分になりたいか？
自分がもっと自分らしく生きるために、何を大切にすればいいのか？

元女子高生がパパになるまで。

その答えを探しつづけた（そして現在も探し続けている）僕の経験が、この本を手にとってくださったみなさんにとって、改めて自分を探すきっかけになれば嬉しい。

それではしばらく、僕の慌ただしい15年間にお付き合いください！

第1章　彼女のこと

初対面は覚えていない

現在、僕が子育てに一緒に励んでいる最愛のパートナーとの出会いは、あまりロマンティックなものではなかった。

正直はっきりとした記憶がないのだ。

彼女は、僕の両親が好きでよく通っていたピザ屋のひとり娘で、大学時代に両親に連れられてお店に行ったときに挨拶したのが初対面だった、と思う。

当時の僕にとっての彼女は、「家族でごはんを食べに行く時にたまに見かけるお店の人」であり、彼女にとっての僕は「お店の常連家族のひとり」だった。

互いに認識してはいたものの、特に会話を交わすわけでもないし、恋愛対象として興味をもったこともなかった。正直に言えば、そのお店で働いているもうひとりのスタッフの女の子の方がかわいいな、と気になっていたくらいだ。

そんな関係ともいえないほどの淡い関わりに、ほんの少しの変化が訪れたのは、それから5、

6年後だった。

僕が外食チェーンの会社勤務で忙しい日々を過ごしているときに、届いた友達からのメール。

〈今晩ちょっと面白い飲み会やってるから、フミノも来ない？〉

〈うーん、行きたいけど、仕事何時に終わるかわからないな……早く終わったら連絡するね。ちなみに場所はどこ？〉

その返事で、会場が例のピザ屋さんであることがわかった。それなら会社からも近いということで、仕事を終え、飲み会が終わる頃に一杯だけ、と駆けつけることにした。そこで飲んでいたのが、友人と彼女だったのだ。

「フミノもこの店知ってたんだ！　さすがグルメだね！」

「だってここ、超有名じゃん！　うちの家族もめちゃくちゃお世話になってるよ」

聞いてみると、飲み会を主催した友人が、彼女にとってはアネキ分のような存在だったらしい。

「フミノさんのご家族、本当によく食べてよく飲むんですよ（笑）。ご家族連れであんなに食べるところもないので、すぐに覚えちゃいました。それにフミノさんって本も書かれてますよね？私もお母さんも読みましたよ！」

「おっ！　そうなんだ！　ありがとね。それにしても、ふたりがそんなに仲よしだなんて、世間はなんとやらだね」

その日は、短い時間ながらも楽しい夜を過ごし、僕たちは社交辞令的に連絡先を交換した。

とはいえ、このときもふたりの間になにかが芽生えたわけではなかった。「顔見知り」から「友達の友達」になった、ぐらいだろうか。

初デートではしご酒

そこからさらに半年が過ぎたころ、ようやくふたりの関係が動き出す。

2010年の秋、僕が彼女をミュージカルに誘ったのだ。

きっかけは、僕が以前NHKの教育番組『ハートをつなごう』に出演したことで仲良くなった歌手のソニンちゃんから、自身が出演するミュージカル『RENT』に誘われたことだった。『RENT』はLGBTQやHIVをテーマに扱っているからだろう。ふた席分のチケットを用意してもらったのだが、その頃の僕もまだ、休みなく働いていた時期だった。

「お誘いありがとう！　めちゃ行きたいけど、仕事の休みが取れなそうで……」

ソニンちゃんとそんなやりとりをしていたら、奇跡的にその日だけ休みが取れることになったのだった。しかし、行けると決まったのは、なんと公演前日。当時5年くらい片思いしていた子をはじめ、いいなと思っていた女の子たちに片っ端から声をかけてみたものの、急すぎてさすがに誰も都合が合わない。

「せっかくだし、ひとりで行くのもなぁ……誰かいないかなぁ……」

そこでふと浮かんだのが彼女だった。

飲み会で話をした時に、舞台衣装のデザインを勉強している、と話していたのを思い出したからだった。せっかくなら興味がある子のほうがいいなと思い、初めて彼女に電話をかけてみた。

すると、「『RENT』は大好きなのでぜひ行きたいです！」とOKの返事が！

そして当日、劇場のある日比谷で待ち合わせた。

「今日は本当にありがとうございます！　私、『RENT』大好きでDVDも持ってるし、全曲歌えるくらい本当に好きなんです！」

「いやさあ、僕もひとりで行くの、どうしようかと思ってたから助かったよ。突然だったのにありがとうね」

「いえいえ全然。っていうか聞いてくださいよ！　私、5年付き合った彼氏とさっき別れたんですよ！」

「え!?　何そのいきなりのぶっちゃけトーク（苦笑）。んじゃまぁ、舞台終わったら、一杯飲みにでも行こうか？」

彼氏がいたことすら知らなかった僕は、下心を持つヒマもないまま、思わずそう返していた。

2時間半のミュージカルをたっぷり楽しんだ後、僕たちは劇場から5分ほど歩き、新橋のご飯屋さんに入った。『RENT』が本当に好きなんだろうなというのがわかるほど、彼女は嬉しそうに舞台の感想を話してくれた。勉強しているということもあり、あの衣装が素晴らしいとか、あのシーンのあのセリフが……と事細かに解説をしてくれる。もともとそんなに詳しくない僕は、それを聞いているだけで楽しかった。

「そういや、昔からお互い知ってはいたけどゆっくり話したことはなかったよね。デザインの勉強する前は何やってたの？」

「実は私、プロのスキー選手だったんです。ワールドカップを転戦して、出る試合はだいたいメダル取ってました」

「え!? デザインの勉強なんて言うからてっきり文化系なのかと思ってた。しかもサラッと言うけど世界でメダルって、すごいじゃん!」

日本代表に入ったことがあるくらいで自慢げに話していた自分が、急に恥ずかしくなった。

彼女は10代からプロのスキー選手としてW杯を転戦し、世界大会での優勝経験も何度となくあったが、18歳の時に膝を壊して引退。そこから一転、舞台衣装の勉強をしたいとロンドンのデザイン学校に5年ほど留学して、日本に戻ってきてからは実家のピザ屋を手伝いながら、デザインの仕事をしていた。

元気だし、面白いし、いい子だな……。

元アスリートであること、家族仲がよいこと、実家が飲食店を経営していることなど、共通する部分がたくさんある一方で、ファッションの話など僕がまったく知らない世界があり、何を話しても楽しくあっという間に時間が過ぎていた。

「あ、そうそう、私、12月から京都に行くんです。ピザ屋の京都店をオープンさせるので、しばらくは向こうで手伝う予定なんです」

「京都出店、いいね! 京都に友達いる? 仲良しいるから、もしよければ紹介するよ?」

僕はマオの顔を思い出して言った。数年前に友達の紹介で仲良くなったマオは京都の売れっ子芸妓《げいこ》さん。初めて一緒に飲んだ日にたまたまトラブルがあり、逆にそれがきっかけで意気投合し、以来よき飲み仲間だった。

「そうなんですね! 京都は知り合いがいないので、是非紹介してください!」

ちょうどそんな話をしていたところで、僕の携帯が鳴った。偶然にしてはできすぎと思えるほどの絶好のタイミング。マオからだった。

「ふーみん、久しぶり！　元気？（マオにはなぜかふーみんと呼ばれている）　今、銀座で飲んでるんだけど、合流しない？」

「まじ？　ちょうど紹介したいと思ってた子と新橋で飲んでるんだよね」

どんぴしゃのお誘いを断る理由はなかった。彼女とマオを引き合わせると、同世代ということもあり初対面から話ははずみ、その日は朝まで何軒もはしご酒。結局彼女を家まで送り届けたのは明け方近くになってしまった。

だいぶお酒も入った僕は別れぎわ、タクシーを降りる彼女にキスをした。

これは下心というより、なんだか嬉しいご縁続きで、すっかりテンションがあがってしまっていたのだと思う。それに、当時は仕事が忙しすぎて、こんなに息抜きできる楽しい夜は久々だったからかもしれない。

「あー！　今日は本当に楽しかったなー！　明日からまた仕事がんばろ！」

そんな僕とは裏腹に、この時彼女はすごく嫌だったらしい。この日の彼女の日記には「今日はすっごく楽しかったのに、最後にチューされたのだけが本当に嫌だった。何でこの人キスしてきたんだろう？」と記されていたそうな……。

遠距離恋愛スタート

そんなこととはつゆ知らず、僕は次の日から毎日のように彼女に連絡するようになった。「5

年付き合った彼氏と別れたばかりで、２カ月後には京都に行ってしまう」となれば、チャンスは今しかない！　という気持ちもなくはなかった。でも、この時の感情は、今振り返っても、とても不思議な感覚だった。大好きで付き合いたい！　というよりも、とにかくただ、いろんな話をしてみたい、という感じだった。恋愛対象としてという以前に、人としての魅力を感じていたのかもしれない。

仕事の合間を縫っては連絡し、少しでも会えるタイミングがあれば誘いだした。その頃は、日付が変わる前に仕事が終わることなどまずなかったから、僕が呼び出すのはいつも夜中だった。今考えれば迷惑な話である。それでも彼女は〈楽しいからまぁいっか〉という程度で、誘いに付き合ってくれていたようだった。

そこから約１カ月後の11月１日の朝、彼女からのモーニングコール。いつも夜中に呼び出しておきながら、仕事は遅刻できないからと、その頃は毎朝のようにモーニングコールをかけてもらっていた。

♪ピロピロピロピロ〜

……んん……もう朝か……昨日もたしかだいぶ飲んだような……。

ぼんやりした頭の中で電話に出ると、開口一番、彼女はこう話した。

「いいよ。11月１日の月曜日ってなんかキリがいいから、付き合ってあげるよ」

ん？

あれ……？

……もしかして僕、昨日「付き合って」って言ったのかな？

うん、たぶん言ったのだろう。うーん、記憶がない。

でも、まぁいっか！

「ありがとう！　大事にするよ！」

我ながらなんといい加減だっただろうか（苦笑）。

とにもかくにも、こうして僕たちは付き合うことになったのだった。

手術しないんですか？

ここで少し、２００６年に『ダブルハッピネス』を書いてから、彼女と付き合うあたりまでの自分について触れておきたい。

多くの人にとって、20代というのは、初めて社会にもまれ、紆余曲折を繰り返しながら過ごすものだろう。僕の20代もご多分に漏れず迷走しまくりで、ある意味では典型的なモラトリアム＝自分探しの時期だった。それは単に僕が未熟だったからということ以上に、やはりこのセクシュアリティが大きく影響していたのだと思う。

そもそも『ダブルハッピネス』を執筆したのは、２００５年に乙武洋匡《ひろただ》さんにお会いしたことがきっかけだった。

僕は当時、早稲田の大学院でフェンシングに打ち込んでいた。しかし、女子日本代表チームから落ち、卒業を間近に控えてもなお履歴書の「男・女」のどっちにマルをしたらいいかわからず、制服があるところでは働けないし……と、モヤモヤした気持ちを抱えたまま就活もうまくできずにいた。これからどうやって生きていこう……と日々悶々《もんもん》とするいち学生だった。

そんなある日のこと、自転車で大学に向かう道の途中、電動車椅子でさっそうと駆け抜ける乙武さんを目撃した僕は、いきなり彼に話しかけたのだった。

「すみません！　乙武さんって、手足を取り戻すような手術ってしたいと思ったことありますか？」

『五体不満足』がベストセラーとなり、世界中で通りすがりの人から声をかけられているであろう乙武さんも、いきなりの僕の不躾《ぶしつけ》な質問に、最初は面食らっているようだった。

もちろん失礼は重々承知の上だったが、僕にはこの質問をぶつけたい理由があった。

当時の僕は「男に変わりたい」のではなく「元の体に戻りたい」という感覚で性別適合手術を考えていたのだが、その思いをなかなか理解してくれる人が周囲におらず悩んでいたのだ。そんなときに乙武さんを見かけ、ふと「手足がある状態が人としてあるべき姿とするならば、乙武さんは手足を取り戻したいと思ったことがあるのだろうか？」――という疑問が頭をよぎり、思わず話しかけてしまったのだ。

最初は驚いた様子の彼も、次第に前のめりで話を聞いてくれ、気づけば道端で1時間近くも立ち話をしていた。そして最後に、乙武さんにこう言われた。

「本を書いてみるのはどう？　そういうのをオープンに話せる人がまだまだ少ないから、フミノくんが興味あるなら出版社の人を紹介するよ」

その会話の翌週には、『五体不満足』の編集者である小沢一郎さんと乙武さんとご飯を食べに行き大盛り上がり。そして、二次会のカラオケで「フミノくん面白いね！　よし決まり！」と、トントン拍子で話は進み、翌年に『ダブルハッピネス』を出版することになったのだった。当時の日本では、セクシュアルマイノリティについての認知はまだまだ進んでおらず、「性同一性障害の青春ストーリー」と帯文が付けられたこの本は、それなりの反響をいただくことになる。

本の出版と副作用

しかし僕自身は「社会を変えてやる！」と勇みたってこの本を書いたわけではない。自分のことで精一杯で、社会のことなど考える余裕などなかった。「せっかくのご縁だし、自分に何かできることがあるならやってみようかな？」——そんな調子だったから、本の出版という形で、自分のことを公にカミングアウトすることがどういうことなのか、深く考えることなく表に出てしまったのだ。

そして僕は、出版後の予想もしなかった反響と、環境の変化の渦に飲み込まれないようにと、それからしばらくの間、必死にもがくことになった。

『ダブルハッピネス』で僕が伝えたかったのは、セクシュアルマイノリティはそんなに遠い存在ではなく、みんなのすぐ隣にいるような身近な存在なのだ、ということ。

しかし、その思いとは裏腹に、僕はどこに行っても「性同一性障害の人」＝特別な人として扱われてしまった。「はじめに」でも記したように、新聞の取材で「杉山さんは性同一性障害を乗り越えてゴミ拾いをしています！」と記事になってしまったのがいい例だろう。

他にも、常に男か女かという話題がつきまとった。甘いものを注文すれば「そういうところはやっぱり女の子なんだね」と言われ、スケベな話をすれば「おまえ話がわかるじゃねーか」と、男仲間として受け入れられた。

こんな言葉も、よくかけられた。

「そのへんの変な男より全然いいじゃん！」

〈変な男を基準にしないでください……〉

「男より男らしいよね！」

〈うーん……そういうことじゃないんだけど……〉

他にも「いつからそうだったの？」「家族は大丈夫？」「セックスはどうするの？」——何回聞かれたか、わからない。

僕はとにかく、多くの人と同じように、今日あった楽しい出来事の話とか、最近行ったオススメのレストランとか、いわゆる「普通」の会話がしたかった。

でも、常にセクシュアリティの話がついてまわった。僕のすべてを、「性同一性障害」というフィルター越しにしか見てもらえず、本当の自分がなんだか置き去りにされていくような日々。違和感ばかりを感じていた。

ハッピー担当とエゴサーチ

また、出版によって僕の元には、連日のように、セクシュアリティに悩む全国の当事者からのメールが寄せられることになった。「辛い」「苦しい」「助けて」「死にたい」……そのすべてが、心からの叫びだった。20年も30年も、時には60年以上も、その人たちが誰にも言えなかった悩みが僕の元に届き続けた。全部を受け止めきれなくて、一時はメールボックスを開くのが怖くなってしまったほどだった。

そんな全国からの「助けて」に、できることならば、応えたい。けれど、いまの僕にいったい何ができるというのか……。必死に考えた結果、僕は、ある結論にたどりついた。

いまの僕が唯一できるのは、性同一性障害の当事者でも明るく元気に生きている姿を発信することなのではないか。

「よし、僕はハッピー担当でいこう！」

当時、セクシュアルマイノリティにまつわる情報といえば、ネガティブなものばかりだった。だったら僕は、せめて明るくポジティブなメッセージを出し続けよう！　それが唯一、できないなりに考えた自分なりの答えだった。

しかし、その決断が、さらに自分を苦しめることになる。

「元気なフミノくんを見て、僕も生きる勇気をもらいました！」

明るく振る舞っているところがさまざまなメディアなどで取り上げられるようになると、悩みに混じって、そんな前向きなメールも届くようになった。もちろん、嬉しいことではあった。そのためにハッピー担当を買ってでたのだから。

でもそんなメールが増えれば増えるほど、「いつでも明るく元気なフミノくん」という、まわりから求められている自分と、いまだ先が見えず不安でウジウジと悩む、本当の自分とのギャップが大きくなった。

ありがたいことに、僕は家族や友達など周囲の環境には恵まれ、なんとか日々を楽しむことはできていた。でも本を出版したところで、社会の中に自分の居場所を見つけられたわけではない。誰に頼まれたわけでもないのに、自ら背負ってしまった「性同一性障害なんか気にせず、明るく人生を楽しんでいるフミノ」を演じる自分が、どんどん苦しくなっていった。

また、ハッピー担当となった僕への批判も少なくなかった。

「手術しないでもハッピーだなんて、お前は性同一性障害として偽物だ！　顔を見るだけで吐き気がする！」

「お前がカミングアウトすることで俺がバレたらどうするんだ！」

明るく振る舞う僕に対して、攻撃的なメッセージも少なくなかった。どうしたらいいのか、自分の気持ちの行き場がどんどんなくなっていった。

１００通の嬉しいメールより、1通の批判的なメールにベッコリへこみ、ブログの心無い書き込みを気にして、いつしか書きたいことも書けなくなり、気にするだけ無駄とわかっていても「2ちゃんねる」やツイッターでエゴサーチをしてしまう……。

そうこうしているうちに僕は、自分がどうしたいかよりも、まわりにどう見られたいかばかりが気になるようになり、完全に自分を見失ってしまった。辛い時に「辛い」と言える場もなく、ただただ息苦しい日々が続いた。

過食と嘔吐

本の出版から約1年後の春。僕は知人とカレーを食べながら、こんな会話を交わしていた。

「フミノ、そんなにふらふらしてるんだったらいっそのこと海外でも行ってくれば？」

「えー……でもグリーンバードの歌舞伎町チームもはじめちゃったばっかりだし、今行くのはちょっと無責任になっちゃいませんかね？」

「たかが掃除だろ？　休んでもいいし、誰かに任せてもいいし」

「えっ？　いいんすか？　まぁ、代表がそう言ってくれるならそうしようかなぁ。うーん……でも、どうしようかな……」

会話の相手は、現渋谷区長の長谷部健さん。当時は渋谷区議であり、街の清掃ボランティア活動を行う『NPO法人グリーンバード』の代表を務めていた。学生時代、友人に誘われてお掃除のボランティアに参加したのがきっかけで知り合い、以来一緒に掃除をしたり、飲みにいったり、僕にとっては頼れるアニキ的な存在だった。「おまえ、性別も面白いけど歌舞伎町出身ってのも面白いよな。歌舞伎町でもお掃除やろうよ！」と、僕はグリーンバード歌舞伎町チームの立ち上げを任せられることになり、関わりがどんどんと深くなっていたころだった。

とはいえその当時もまだ、僕は確たる進路を決められずにいた。求められるままにメディアに出たり、全国各地に赴いては講演会を行ったりしていたけれど、自活できるほどの収入はなかった。実家暮らしに甘えながら、細々とバーでアルバイトをしたり、いくつかのプロジェクトに関わったり、それなりにいろいろやっているようで、でも結局は何もやっていなかった。

持て余している僕を見かねた長谷部さんから、彼の2期目の区議会議員選挙の手伝いをしてみないかと誘われ、僕はアルバイトで長谷部さんの選挙カーの運転手をしたのだった。

カレーを食べたのは、無事に2期連続トップ当選を果たした長谷部さんと、選挙戦の後片付けをしていた時だった。

「海外もいつかは行ってみたいですけどね。でも僕、英語全然喋《しゃべ》れないからな」

「フミノって、なんか惜しいんだよな。まあいいから、海外行ってこいよ」

「うーん……でも最近彼女できたんすよね。いきなり遠距離もなぁ……」

会話はその後も煮え切らないまま、僕たちはカレー屋をあとにした。


その後、何も変わらないまま数カ月が過ぎた、ある明け方。

僕はトイレにこもっていた。

昼間はネットサーフィンをして過ごし、夜になると外出する。白紙のスケジュールを埋めるため、毎晩のように誰かと朝まで飲み歩く。そのせいもあって、体重が増える。

顔やお尻まわりに肉がつくと、女の子っぽく見えるのではないか……そんな恐怖心はあるが暴飲暴食は止められない。結果的に僕は、明け方家に帰ると必ず胃の中のものを吐き、もどすようになった。

〈これはちょっとやばいかもしれないぞ……〉

どこかで気づきながらも、その行為をやめられない自分がいた。

心身ともに限界が来たようだった。

ぼーっとする頭を便器に突っ込みながら、長谷部さんの言葉を思い出した。

「いいから、海外行ってこいよ」

もう、他の選択肢はなかった。

選挙戦から半年後、僕は逃げるように海外に飛び立った。

世界一周の逃避行

日本を飛び出してからの最初の5カ月間は、イギリスで過ごし英語を学んだ。そこからバックパッカーとして1年半をかけてヨーロッパ、アジア、アフリカ、中南米をあてもなく旅して回った。はたから見たら「あいつ、本の印税で仕事もせずに楽しみやがって」と思われたかもしれない。実際、世界中を旅することで、得ることもたくさんあった。でも、精神的には一番しんどい時期でもあった。

日本という国がセクシュアリティに不寛容なだけで、もしかしたら海外に行けばもっと暮らしやすい場所があるんじゃないか？　自分にとって居心地のいい場所があるのではないか？　そんな淡い期待をもっていた。とにかく性別のことから逃げ出したい！

そんな思いで飛び出した世界は、それほど甘くはなかった。

世界中のあらゆる場面で、僕はこんな問いを浴びせかけられることになる。

おまえはSheなのかHeなのか？

あなたはMr.なのかMs.なのか？

つまりはムッシュなのかマドモアゼルなのか⁇

いいやつだけど、じゃあアミーゴなのかアミーガなのか？

ナミビアのヒンバ族にだって「@×＊%？　$◎▽＋？」と聞かれたときも、あ、いつもの質問だな、とわかったくらいだ。


バックパックひとつで世界約50カ国を巡った。どんな国でも、年齢や国籍より先に聞かれる「僕の性別」って、いったい何なのだろうか？

逃げてきたはずなのに、僕は日本にいたとき以上に、性別について突き詰められることになった。

もちろん、その問いだけではなかった。

宗教や文化の違いを超えて、「男だろうが女だろうが関係ない。フミノはフミノだよ」と、友人として受け入れてくれる人もたくさんいた。嬉しかったこともたくさんあったし、ポジティブな意味で、大きく価値観が変わったこともたくさんあった。

しかし、カミングアウトした際に聞かれるのは、「いつからそうだったの？」「家族は大丈夫？」「セックスはどうするの？」——ほぼ世界共通、同じ質問の繰り返しだった。

きわめつきは、南極船に乗ったときのこと。

僕は運良く英国の冒険家ロバート・スワン氏が開催した、ダイバーシティを謳う南極での若手リーダー育成プログラムに参加することになり、世界中から集まった約100人の刺激的なメンバーと船に乗り込むことになった……のだが、僕の性別のせいで、男性と部屋をシェアするのか、女性と部屋をシェアするかで揉《も》めてしまい、最終的に僕は特別扱い、隔離《かくり》されるかのようにひとり部屋にさせられてしまったのだ。

僕はこんな世界の果てに来てまでも、この性別から逃げられないのか……。


この2年ちかくの逃避行＝放浪生活を経て、たどり着いた答え、それは「結局どこへ行っても僕は自分の性別からは逃げられない。いや、性別だけではなく、世界中どこに行っても、自分自身から逃げることはできないのだ」ということだった。

一番向き合わなければいけないのは、社会ではなく、自分自身。

自分の嫌な部分や弱い部分、現実から目を背け、自分を一番受け入れられていなかったのは、他ならぬ自分自身だったことに気づいた。

世界中どこにいても、僕は僕自身と共に生きていかなければいけない、というとてもシンプルな答えにたどり着けたのだ。

であるならば移動をして場所を変えるのではなく、今いる場所を生きやすく変えていこう。

もう逃げない。

覚悟が決まった瞬間だった。

僕は、一旦帰国したあとすぐタイに向かい、自分の中で宿題のようになっていた乳房切除手術を受けた。長年のコンプレックスだったおっぱいとお別れをしたのだ。

全身麻酔の手術から目が覚め、平らな胸を見た時には素直に「元に戻った！」と感動した。ちなみに今の日本の法律では、生殖機能を欠く手術までしなければ戸籍上の性別の変更ができない。乳房切除だけした僕は性別を変えることができないので、戸籍上は女性のままである。しかし、だとしてもこの手術は自分にとって、「本当の自分を取り戻す」ための大きなきっかけとなったことは間違いない。やっと人生のスタート地点に立てたような気がした。

そこで初めて、これまで逃げ続けていた就職活動（＝社会に出ること）に本気で向き合おうと思えるようになった。

実際には、旅や手術で本の印税を使い果たしてしまい、リアルにお金がなくなってしまったことも大きかった。とにかく僕は社会人になろう、普通に働いてみよう、と決意した。

2009年の春だった。

初めての就活

当時、僕が興味を持っていた職種は、ウェディング業界だった。

日本で法律上、同性同士が婚姻するにはまだ少し時間がかかるかもしれないが、結婚式を挙げるカップルは今後増えていくだろう。この業界であれば、自分の経験を生かしながら働くことができるかもしれない。

続いて飲食業界にも関心があった。もともと学生時代にバーやラーメン屋でのアルバイトを経験し、自分に向いているなと感じていたからだ。また実家がとんかつ屋ということもあり、将来的に自分が飲食業に関わる可能性は高い。だったら、一度外の世界でしっかり勉強してみたいという思いもあった。

それからもうひとつ、ジャーナリストという道も面白そうだと思っていた。本の出版後、NHK教育の『ハートをつなごう』という番組に不定期で出演していた関係で、NHKのディレクターやプロデューサーの方とも交流があり、皆さん僕の活動を応援してくれていた。そんな中で、「セクシュアルマイノリティの声を伝えていくなら、そういう方法もあるんじゃない?」と言われたことが頭に残っていた。また、本の出版から2年以上たっても、全国の当事者からの悲痛なメッセージは僕のもとに届き続けていた。だったら、そういった人たちのために、自分なりに何かできないか? という想いも、変わらず持っていたのだ。

一方で、執筆や講演活動の延長線上ではあるが、たとえばNPO法人を立ち上げて、LGBTQの啓発活動をメインに仕事をする、という選択肢もあった。まさに活動家、というやつだ。でもその形をとると、僕は「すぐ身近にいるような普通の人」とは違い、やはりどこか遠い存在の人になってしまうのではないかという懸念を持っていた。むしろ真の意味での問題解決を目指すならば、NPOを立ち上げるよりも、セクシュアリティをオープンにしながら一般企業で働くほうが社会的には強いメッセージになるのではないか、そんな想いもあった。

2009年当時、セクシュアルマイノリティであることを職場でオープンにしながら働いているのは、新宿二丁目などで水商売をやられている人か、テレビで活躍する一部のバラエティの世界の人がほとんどだった。一般企業でカミングアウトしている人は非常に稀《まれ》な存在だったのだ。

もちろん水商売やバラエティを見下すつもりはない。しかしそこにしか当事者がいない、という見られ方には、大きな疑問を持っていた。

だからこそ、セクシュアリティをオープンにしながら一般企業に勤める、そんな働き方の前例を作っていけば、新しいメッセージになるのではないか。そんな思いを持ちながら、ウェディング業界、飲食業界を中心に、求人サイトの情報に目を走らせていった。

ところが、すぐ見えてきたのは、性別以前の問題だった。


「杉山文野　28歳　職歴ナシ」

早稲田大学大学院を出てから3年。いくら本を出したりテレビや講演会に出たり、世界を旅してきたとはいっても、何の職歴にもなっていない。当然新卒採用にも中途採用にも当てはまらない。こんなスペックが当てはまる企業の採用条件を、当時の僕には見つけることができなかったのだ。


でも、そんなことで諦めている場合ではない。

僕は、働くのだ。

手はじめに目星をつけていた某ウェディング会社のホームページの求人欄から「面接希望」と応募メールを送ってみた。自分が性同一性障害であることや志望理由ももれなく書いたが、そこからは合否の連絡どころか何の返事も来なかった。

そして、次に応募したのは、全国に３００店以上の飲食店を展開している「際《きわ》コーポレーション」という飲食コンサルティングの会社。和洋中さまざまな業態を持ち、それだけの数の店舗をどんなやり方で運営しているのか興味があったのと、実は前からこの会社に少なからず縁を感じていたからだ。大学在学中に社長さんが講演に来てくれたこともあったし、父のとんかつ屋の支店と、「際」の店舗が隣同士だったことがあり、直接ご挨拶をしたこともあった。その時も大して会話をしたわけではない。でも、面白いおじさんだなという印象で、親しみを感じていたのだ。

さらに「際」は、今まで見てきた求人情報の中で唯一、応募要項の条件が何もなかった。「年齢も性別も不問。やる気がある方大歓迎！」——そんな募集内容の企業はなかなかなかった。やる気はあるし、性別不問なら！　と、応募してみると、すぐに返事があり、面接を受けることになった。

しかし、面接結果は不採用……。面接ではそれなりにしっかり質問にも答えられたし、自分のやりたいことも伝えられ、手応えもあった。それでも駄目だった。採用に関する条件がほぼゼロの「際」でもダメとなると、いよいよ先が見えなくなってしまった。

ところが、ここで救いの手が現れる。

飲み仲間のマミねーさんだ。

気分転換で参加したねーさん宅での飲み会で、面接の話をした。

「僕もちゃんと就職しようと思って今いろいろ探してて。この前は『際コーポレーション』受けたんですけど、落ちちゃったんですよね……」

「え？　なんでそれ私に言わないのよ！　私が中島さんと仲がいいって知ってたでしょ？」

そうだった。マミさんは、「際」の中島武社長と仲良しだったのだ……。でも、自分の実力でなんとかしたいと思い、あえて連絡していなかったのだ。

「もちろん知ってましたけど、コネみたいで、なんか嫌じゃないですか」

「私だって誰でも紹介するわけじゃないんだから。アンタだから紹介するの！　とにかく会ってらっしゃいよ」

そう言い終わる前にはマミさんは携帯を取り出し、社長に電話をかけてしまった。

「もしもし〜、中島さん？　ねえねえ、私のかわいい弟を落としたらしいじゃない！」

笑いながらひと言ふた言会話が続いたあと、姉さんは唐突に「はい」と僕に電話を押しつけてきた。えっ、そんな急に代わられても……。

「あっ、もしもし……」

「なんだ君、落ちたのか？」

「はい、落ちました（苦笑）」

「そうか。まぁ、いいから来週会いに来なさい。秘書に言っておくから」

「え？　は、はい、わかりました！」


僕は約束通り翌日秘書の方に連絡をとり、次の週に本社を訪ねた。社長室に通されると、重厚感あるソファに中島社長が座っていた。「飲食界の虎」と言われる中島社長、その破天荒な試みや経営に対する厳しさは業界でも有名だ。一代で数百店舗を作り上げ、グループを成長させた人物だけあって凄みがある……。

「キミ、今まで何やってきたの？」

僕は、これまでの経歴や本を出したこと、世界を旅していたこと、今働き口がないことなどつらつらと話をした。

「日本女子大学？　なんでヒゲ生えてるんだ？」

そんな質問にも答えながら、実は社長の講演を大学で聞いたことがあること、以前に一度ご挨拶させていただいたことなども話した。いいとも悪いとも言わずにふんふんと話を聞いてくださった社長は、

「んじゃ、ちょっと下のフロア行こうか」

歩き出した社長のあとをついて、4階下の企画開発部に到着すると、広いフロアでは誰もが黙々と机に向かって仕事をしていた。

突然、社長が大声で話しはじめた。

「はーい！　みんな、今度このオナベちゃん入るから、よろしくねー！」

「えっ？　えーっ!?」

そこで初めて僕は、「際」に採用されたことを知った。

なかなかありえない「採用通知」だった。しかも、いきなりアウティングされてるし（苦笑）……（アウティングとは、本人に断りなく第三者にその人のセクシュアリティを暴露してしまうこと。僕の場合は本も出して公にしていたからよかったけれど……）。

そんなわけで僕は裏口？　いや、マミさんが横から口を挟んでくれたから横口入社？　いずれにしても、僕はこうして、職なし生活から脱出することになった。28歳の夏だった。

そして2009年9月1日、僕は晴れて社会人となった。

渋谷で田園都市線に乗り換え、池尻大橋で下車し「際」の本社へ向かう。どんな挨拶をしようか、どんな研修を受けるのか……ドキドキしながら初出社した僕の気持ちとは裏腹に、自己紹介の時間もオリエンテーションもゼロのままひとりで食器庫の掃除を命ぜられた（苦笑）。思い描いた「社会人」とは全く違った対応でいきなり社会の厳しさを痛感した。

入社後しばらくは研修のため店舗勤務となった。オープンしたばかりの社長肝いりの店舗「ちょもらんま酒場　恵比寿店」に配属されると、毎晩のように店に泊まりこむ日々が続いた。

体力的にはきつかったが、店長のもっちゃんこと杉本充さんとは、馬が合い意気投合した。何事にもこだわりの強い彼との仕事は楽しかった。すぐにキッチン杉本&ホール杉山の「おすぎコンビ」はちょっとした名物コンビになり、常連客も日に日に増えていった。まだまだスキルは足りなかったが、とにかくいつでも「いらっしゃいませ！」「ありがとうございましたっ!!」と元気だけはあったことが社長に買われたのか、僕はそのままちょもらんま担当に抜擢《ばってき》され、そこからは本社と現場を行ったり来たりしながら、新店舗の開店準備スタッフとして、いくつもの支店の立ち上げを経験させてもらった。そのころから社内では「ちょも」というあだ名で呼ばれるようになった。

西荻窪店でランチを回し、夕方本社に寄ってメニューの作成や備品の発注、夜は新橋店で働き、そのまま店に泊まって翌日はまた違う現場へ……。ご飯を食べる休憩時間すら取れない日も多く、洗い場でちょこちょこと賄《まかな》いをつまみながら働き、移動の電車で貴重な睡眠をとる……。

業態は中華だったので賄いはラーメンと餃子ばかりだったが、それでも日に日に痩せていくほどハードな日々だった。

そして、そんな日々を1年ほど過ごす中で、僕は彼女と出会い、付き合いを始めることになったのだ。

新幹線に乗って

彼女との付き合いは、東京と京都の遠距離恋愛という形でスタートした。

毎日電話はしていたものの、相変わらず休みがない僕と、彼女の実家であるピザ屋さんの新店オープン準備のために京都にいる彼女が会えるのは、せいぜい1~2カ月に一度程度だった。

「さみしいからカメ買っちゃった。テンって名前つけて毎日お話ししてるよ」

「亀と会話？　おぼっちゃまくんみたいだね(笑)。マオとはまだ会えてない？」

「メールはしてるんだけど、お店がオープンしたばっかりだし、時間なくてなかなか会えてないんだよね」

「僕もなかなか行けなくてごめんね。相変わらず次の休みが見えなくて……」

丸1日の休みというのは、数カ月に一度あるかないか。朝8時過ぎに出社して明け方まで、は当たり前。早い日でも終電で帰れるかどうかだった。ただ、月に一度くらいは午後6時ころに仕事から上がれる日もあり、そんな時は東京駅へ直行した。そのまま新幹線に飛び乗って午後9時すぎに京都に着き、彼女と会う。彼女も新規店舗の立ち上げで忙しいから、お互い一緒にいられる時間は数時間しかない、にもかかわらずワイワイ飲むのが好きな僕は、京都に行ったら行ったたで関西の仲間に連絡し、彼女も一緒にみんなで朝まで飲んだ。

そしてそのまま京都駅に向かい、早朝6時14分の始発に乗る。新幹線で2時間爆睡して店に直行、9時から夜中まで通常通りに仕事をしていた。

今考えると、われながらよく倒れなかったなという生活だ。

そんな日々が半年ほど続いたころ、それでも京都に通う僕をみて、やっと彼女は「この人本気なのかな?」と思ったらしい。

あれ?

実はこの時、彼女は、まだちゃんと「付き合っている」と捉えてはいなかったようだ。最初のデートの帰りにキスをされ、それからも毎日のようにしつこく連絡がくるので「この人って誰にでもこんな感じでアプローチする、イタリア人みたいな人だと思っていた(笑)」と聞いたのはずいぶん後のことだった(イタリア人の方ごめんなさい)。


それから、僕のセクシュアリティについて。

彼女は僕と付き合うにあたって、僕がトランスジェンダーであることを考えなかったわけではなかった。でも、よくも悪くも「5年付き合った彼と別れたばっかりだし、楽しいからいっか」という程度で、あまり真剣に考えずにスタートした交際だったようだ。まあ、酔っ払って「付き合ってくれ」と言ったかどうかも覚えていなかった僕も僕だが、僕の素性についてそれほど深く考えずに付き合おうと言った彼女も彼女。お互いさまだった。

それに今考えてみると、遠距離であまり会えない歯がゆさもあったが、とにかくお互い忙しすぎたので、近くに住んでいたからと言って会えたかどうかもわからない。お互いに新しい仕事や環境に向き合い始めたばかりだったし、日々の暮らしと両立しながら付き合えるという意味では、当時の僕たちにとって、東京と京都というのは、ちょうどいい距離感だったのかもしれない。

ないないづくしの僕

休みがないない、と言うわりにはちゃっかり彼女もつくって、社長にも気に入られて、うまくやっているじゃないか、という声も聞こえてきそうだが、決して全てがうまくいっていたわけではない。

というより、この頃の僕はあまりにも仕事ができなくて、毎日朝から晩まで、とにかく怒られっぱなしだったのだ。

僕が配属された「企画開発部」は、いわゆる中間管理職的な仕事、本社から言い渡されたことを現場へ落とし込みに行くことが多かった。しかし現場にいるのは10代からずっと、現場たたき上げで腕を磨いてきた料理長やスタッフたちがほとんどだ。僕の口から本社の意向を伝えても「本社はそう言うけど、現場のことが全然わかってない。無理なもんは無理なんだよ！」と、知識や経験が足りない分、言い負かされてしまう。そのまま「そうですよね……」と本社に戻れば、「そうやって現場が好き勝手やるから売り上げが落ちる。説得できないなら戻ってくんな！」とお叱りを受け、再び現場へ戻る……。この繰り返しだった。

いくら学生時代にラーメン屋やバーでアルバイト経験があるといっても、飲食業としての圧倒的な経験値不足は否めなかった。そもそもビジネスメールひとつ書けないし、仕事の電話の受け答えもよくわからない。ＰＬ（損益計算書）の見方も計算もわからないし、食材の知識があるわけでもない。

そんなないないづくしなのに、ありがたいことに社長には気に入っていただいていた。一代でこれだけの会社を作り上げたこともあり、「人と同じことやっても意味ねーんだよ！」と怒号を飛ばす社長にとっては、そもそも「人と違う」ということはマイナスというより大きなプラスだった。

「おい、ちょも！」とお呼びがかかれば社長のかばん持ちも運転手もした。

でも、社長が僕にそうして目をかけてくれることは、周りからすれば「仕事もできないのに可愛がられている」という図式にしか見えない。同僚にも嫌な思いをさせたと思うし、僕自身も葛《かっ》藤《とう》があった。

ちなみに僕のセクシュアリティに関しては、本社でも現場でもすぐに噂で知れ渡ったようだった。新しい現場に行くたびに「いつからそうだったの？」「家族は大丈夫？」「生理はある？」「セックスはどうするの？」と、おきまりの質問攻めにあうのだが、すでにセクシュアリティはオープンにしていたし、もうそのころには慣れっこだったので、特別嫌な思いをしたこともない。

ただ、ずっとこう思っていた。

「性別のことでいじられているうちは、まだまだだな」――。

セクシュアリティに関係なく、仕事で認めてもらえるようにならなければ。

そういった意味ではあまり性別の話はしたくないなとも思っていた。

涙の皿洗い

入社して1年が過ぎたころ、僕は上司に本社ではなく現場での店舗勤務を志願した。どこか1カ所に腰を据えて、改めて飲食の現場を勉強したいと思ったのだ。そして洋食居酒屋「銀星屋木場店」に配属されることになった。

この時のエリアマネージャー・田城さんには、猛烈に鍛えられた。バリバリのたたき上げで超現場主義。仕事ぶりも的確で、料理の知識もセンスも抜群だった。現場に行った初日、僕がなぜ現場を志願したか、これまでの経歴や実家のとんかつ屋について話すと、田城さんはこう言った。

「杉、おまえみたいなボンボンに、俺ら現場の気持ちなんか一生わからねえよ。でもな、お前はいつか俺らみたいな人間を使っていくんだ。その時のために、一生忘れないだけ、お前の体に染み込ませてやるよ」

言われた当時は何を言われているのか全く理解できなかったが、あれから10年経ってこの本を書いている今では、この言葉の意味を実感している。田城さんとの時間は決して忘れることのない強烈な体験となった。

田城さんには、毎日朝から晩まで怒鳴られっぱなしだった。

「何が早稲田の大学院だバカヤロー！　こんなことも知らねーのか！」

「おい杉！　この食材の管理の仕方どうなってんだ！」

「そんなとろとろ仕事しやがって、ままごとじゃねえんだぞ！」

自分の担当以外のところで怒鳴られてへそを曲げていたら、心を見透かされるようにこんな言葉が飛んできた。

「お前さ、キッチンのことはキッチンの奴がやればいいとか思ってんじゃねーだろうな？　もし腐った料理だしてお客様にクレームもらったら、お前は『キッチンができてなかったんで』って言い訳するのか？　食中毒がでたときに、『俺はホールのことやってたんで、キッチンとは関係ありません』って言うのか？　従業員のせいにして責任者がそれでいいと思ってるのか？」

図星すぎる指摘が痛かったが、そうやって僕は少しずついろいろなことに気づいていった。


自分から志願したのだから弱音を吐くわけにはいかない……でも、とにかくきつい……。

朝8時半に出勤し、膨大な数の冷蔵庫をすべて確認して、どの食材がどこに入っているか管理の状況をチェック。そこから約80席あるホールのオープン作業をひとりでこなし、アルバイトが出勤したら予約の状況などをすり合わせて11時に営業開始。通し営業で午後10時に営業が終わったら人件費削減のためバイトを帰らせ、ひとりで黙々と後片付け&締め作業。終電で帰れたらラッキーで、休憩もなければ休みもない、こんな毎日だった（ちなみに、これはあくまでも10年前の話。「際」の名誉のために言っておくが、今はこんな勤務形態はなくなっていると聞く。当時は時代もあったのだろう）。

さすがに耐えきれなくなって、体調も日に日におかしくなっていった。習慣にしていた筋トレやストレッチもできず、ゆっくりご飯を食べる暇もないから、入社してから7キロ近く体重が減っていった。

夜中、彼女にかける電話も、仕事の愚痴ばかりになっていった。

「あー、まじ辛い……。今日も家に帰れないから、さっきキッチンのシンクで頭だけ洗った。明日も怒鳴られるかな……ちょー憂鬱《ゆううつ》なんだけど……」

自分でも情けなかったが、愚痴でも言わなければ、もう自分を保てなかった。

「あ、そうだ！　来週久々に仕事で東京戻れそうなの。フミノさん（元々ピザ屋のお客さんだった僕はその時の癖でずっと「さん」づけで呼ばれている）、休むのは無理かもしれないけど、夜にちょっとでも会えたらいいね」

「そうなんだ！　それならその日は仕事、絶対早く終わらせるよ！」

でも、その「絶対」は叶わなかった。

彼女が久々に東京に来た日も、僕は夜中まで仕事となってしまった。

「ごめん……やっぱりまだ終わらなそう。明日はなんとか半休もらえたから午前中にちょっとでも会えれば」

「もし迷惑じゃなければ、今からお店まで行っていい？」

「え？　いいけど、木場まで来てもらうのも悪いし……でも、もう他に誰もスタッフいないから、来てくれたら嬉しいかも……」

そして彼女は夜中、店まで会いに来てくれた。

「おつかれさま。あとどれくらい、仕事残ってるの？」

「えーっと、洗い物して、フロア掃除機かけて、シルバー（カトラリー）拭いて、伝票整理して、来週のシフトも作らなきゃ。あとは発注で終わりかな……あっ！　正月飾りは今晩中につけなきゃいけなかったんだ」

「……それ、今からひとりで全部やるつもりだったの？　私、手伝うよ」

彼女も飲食の人間だ。手際よくシルバーを拭き、正月飾りを取り付けてくれた。

情けない……。

こんな夜中に京都から駆けつけた彼女に、店まで来させて、自分が片づけられなかった仕事をやらせて、一体何やってんだろう……。

彼女の手伝いもあって、僕たちは1時間程度で店を後にすることができた。

外に出ると凍るような寒さだった。歩きながら久々に彼女と手をつないだ。

その瞬間、彼女が声を上げた。

「イタッ！　え？　何これ？」

この頃の僕の手のひらはあちこちがひび割れていてガサガサで、常に血がにじんでいた。

彼女はその感触に驚いたのだ。

「ごめん。ひび割れ、なかなか治らないんだよね。キッチンとホール行ったり来たりするから、洗い物のときにゴム手袋する時間がなくて、業務用洗剤使うときも素手でやってて……。そうそう、最近は両手首とも腱鞘炎《けんしょうえん》になっちゃって、痺《しび》れて力もあんまり入らないんだよね」

「手袋する時間もないの？　これひど過ぎない？　これで触られたら痛いんですけどー」

「ごめん……今日は触らないようにします（苦笑）」

家に到着すると早々に僕は力尽きて、久々の彼女との会話を楽しむ間もなく、途中で居眠りをしてしまったようだった。まどろみの中であたたかさを感じて目を開けると、彼女が僕の手にハンドクリームを塗ってくれていた。あのとき、僕は彼女に「ありがとう」と言えただろうか。ちゃんと言えたかどうかもわからないまま、僕はそのまま寝落ちしてしまった。

それから数日後。いつものごとく夜中にひとり残って洗い物をしていた。

彼女と過ごしたあの夜。せっかく久々に会えたのに、僕の仕事を手伝わせただけで、ゆっくり話もできなかった。翌日の午前半休も朝イチで急遽《きゅうきょ》呼び出されてしまったが、それでも「仕事だし、仕方ないよね」と怒るわけでもなく、彼女はとにかく優しかった。申し訳なさしかなかった。

この頃は、一緒に住む両親も、夜中に帰ってきてふらふらになりながらも明け方には出て行く僕を見て心配しているようだった。

「大丈夫なの？　そんなに痩せちゃって……嫌なら辞めて、ウチのとんかつ屋手伝いなさいよ」

どんなに忙しくても、僕がイキイキとしていれば、そうは言わなかっただろう。でもその時はきっと、僕の顔に「もう辞めたい」という字が書いてあるように見えたのかもしれない。

でも、それだけは嫌だった。

何もできないまま、何かを言い訳にして、今いる場所から逃げたくなかった。

「いや、嫌じゃないよ。大変だけど、自分ができないだけだから、もっと頑張らなきゃ」

「そうは言うけど……皿洗いさせるために早稲田の大学院まで行かせたわけじゃないんだから。他にいくらだってやることあるんじゃないの？」

彼女が優しくしてくれた夜のことや、母親との痛すぎる会話のことを思い出しながら店で洗い物をしていると、急に涙が溢《あふ》れてきた。

29歳にもなって、こんなとこで僕は一体なにやってんだろう……。

そのころ、中高や早稲田大学の同級生たちのほとんどは、新卒採用でいい会社に就職し、すでに社会人歴6~7年目。みんな新人としての大変な時期を終えて、仕事も充実し、それなりにいい生活をしているようだった。

そんな彼らから飲みに誘ってもらうこともあったが、僕には時間がとれず、断っているうちにいつしか声もかからなくなっていた。友達の結婚式でさえ休みが取れない。万が一行けたとしても、当時手取り20万円そこそこの僕の給料ではご祝儀の3万円を払うのは厳しく、二次会も行けなかった。

お金を稼ぐって、こんなに大変なことだったのか……。


僕は今まで一体何をやっていたんだろう。

本を出して、講演して、メディアに出て、ちょっとちやほやされていい気になって。自分は何か特別な存在だと勘違いしていたのではないか?

実際の僕はこんな夜中に、血だらけの手で、皿洗いひとつまともに終わらせることができない。

休みはなくて、毎日上司にボロクソに言われて、友達と飲みに行く給料すら稼げない。

自分のこともままならない。

それなのに、何が「誰かのために」だよ。


自分がどこまでも滑稽な存在に思えてきた。

僕はどこで間違えてしまったのだろうか？

何がいけなかったのか？

これも全て性別のせいなんじゃないか？……性別のことがなければ僕だって普通に、今ごろは仕事もできていい給料も稼いで、……いや、そうじゃない。それは言い訳だ。自分で選んだ道だ。でも……。

「くそぉぉ……」

涙が止まらなかった。

悔しくて、苦しくて。ただただ、自分が情けなかった。

30歳で死のう

「お誕生日おめでとう！」

その日、家を出るときにオカンに言われてはじめて、僕は自分の誕生日を思い出した。

そうか、誕生日か……そういえば今日、彼女が東京に来るって言ってたのはそういうことか。すっかり忘れてたな……。

その日、仕事をしていると、夕方に彼女からメールが入った。

〈仕事終わらせて最終の新幹線で東京戻るから、待ち合わせて一緒に帰ろうね。今日はふたりっきりでゆっくり過ごそう〉

〈ふたりっきりがいいだなんて珍しいね。なんかあった？〉

〈だってフミノさん、いつもなんだかんだで友達いっぱい合流して最後はぐちゃぐちゃじゃん（笑）。たまにはふたりがいいの！〉

〈はい、気をつけます（苦笑）〉


たまにはふたりもいいか。そんなことより今日こそ仕事早く上がれるかな……。

この日は、運良く奇跡的に、仕事を早く上がることができた。

自宅の最寄り駅で彼女と合流し、帰路につく。

「どこか一杯だけ飲みに行ってから帰ろうよ」

「だーめ！　絶対一杯で終わらないし、そう言ってる間に、絶対誰か知ってる人とかに会っちゃうんだから！」

「だよね（苦笑）。んじゃ、今日は帰るかな」

帰り道、僕は相変わらず仕事の愚痴ばかりだった。自己嫌悪を感じながらも、口から出てくる言葉を止められなかった。

〈久々の彼女との時間まで、こんな話ばっかりで自分は何やってんだろ……。彼女だって忙しい中、誕生日だからってせっかく駆けつけてくれたのに、楽しい話のひとつもできない自分なんて、なんて冴えない30歳だよ……〉

せめて彼女の前でため息はつくまい、と飲み込んだところで自宅についた。

「ただいまー」

……ん？　なんか玄関の靴が多いような……。

「フミノおめでとーう!!」

「おめでとー！」

「おめでとう！！！」

扉を開けると、僕の家族と、大好きな仲間たちが出迎えてくれた。

それまでサプライズで何かを企画した時もされた時も、大抵当日を迎える前には気づいてしまうことが多い中、今回ばかりはまったく気づかなかった。

びっくりしすぎて、最初は言葉が出なかった。

「フミノ何時に帰ってくるかわからなかったから、先にみんなで始めてたぞ！」

みんなの顔がいい具合に赤らんでいた。僕は驚きと嬉しさを誤魔化すように、彼女に話しかけた。

「だからふたりっきりがいいって言ったんだ（笑）。おかしいと思ってたんだよね」

「そうだよ！　みんな待たせておいて、まっすぐ帰れなかったらどうしよう……って私責任重大だったんだから。まぁいいから早く乾杯しよ！」

「フミノ30歳の誕生日おめでとう!!　かんぱーい！！！」

大好きな家族と仲間のこれ以上ないあたたかさが、ボロボロだった僕の心に染み渡り、すでに泣きそうだった。

そしてみんなからの誕生日プレゼントと手渡されたのは分厚いアルバム。中を開くと僕の友人たちからのメッセージが1冊にまとめられていた。

中高や早稲田の同級生、フェンシングやグリーンバードや歌舞伎町の仲間たち、本を出してから出会ったさまざまな方まで、約２００人もの方から心のこもったメッセージが寄せられていた。

あんな人からも！　こんなメッセージも！　と夢中でめくっていくと、最後のページは家族からのメッセージで締められていた。

『文野へ
お誕生日おめでとう。

貴方の人生、大変なことが沢山ありましたね。

でも、色々な思いをした分、人として、とっても大人になったなーと本当に嬉しく思います。

これからも大勢のお友達を大切にし、自分を信じ、文野らしく、貴方の人生を謳歌してください。

貴方のおかげで、オトン、オカン、オネエもちょっぴり大人になれました。

ありがとう!!

平成23年　8月10日』

涙が止まらなくなってしまった。

僕は、30歳になったんだ。


中学生のころだったか……いつどうやってそう思ったのかははっきり思い出せないが、僕はずっと30歳の誕生日に死のう、と思っていた。

今日が、その日だった。

20歳まではカミングアウトせず、なんとか親の望むように生きて、20歳になったらカミングアウトをして、10年間好きに生きたら30歳の誕生日に死ぬんだ――。

本気でそう思っていたので、30歳以降の自分の人生など、考えたこともなかった。

今となっては何故そう思ったのか明確には思い出せないのだが、きっとロールモデル、人生のお手本になるような大人が見当たらなかったからだろう。

子どもは、身近にいるカッコいい大人に憧れて、具体的な未来を描いていくものだ。「プロサッカー選手になりたい！」「お医者さんになりたい！」というのは、そういった大人が目に見えて存在するからだろう。しかし、当時の日本ではＬＧＢＴＱであることをオープンにして社会生活を送る大人は、ほとんど目にすることができなかった。だから、自分が将来どうやって生きていったらいいか、未来を描くことができなかったのだ。

つまり、10代の頃の僕は、自分が女性として歳を重ねていく未来を全くイメージできなかったし、かといって男性として生きていくという選択肢があることも知らなかった。

「僕は大人になれないんじゃないかな」

「大人になる前に死んじゃうんじゃないかな」

「どうせ死ぬなら、早く死にたいな……」

表向きは明るく振る舞っていても、心の奥ではいつもそんなことばかり考えていた。

ところが、ここ数年は、そんなことすら忘れていたことにも気づいた。

自分のセクシュアリティのことばかりで悩んでいた僕の頭の中は、すっかり仕事の悩みで埋め尽くされていた。

毎日仕事のことばかりで、性別のことで悩んでいる暇すらなかったのだ。

もちろん先が見えているわけではない。相変わらず未来は見えなかった。

でも、そんな僕が、大好きな仲間や家族とともに30歳の誕生日をこんなにあたたかく迎えられたなんて。

この時の僕は、とにかくボロボロだったが、みんなが祝ってくれたことで、また新たなスタートラインに立てた気がした。

第2章　親のこと、活動のこと

ご両親の猛反対

「私たちのこと、そろそろお母さんに言っても大丈夫かな？」

そう言いだしたのは、彼女が1年ほどの京都勤務を終えて東京に戻ってからすぐのこと。遠距離恋愛も無事に乗り切って、僕たちの付き合いも気づけばあっという間に1年以上が過ぎていた。彼女はほぼ毎日両親の店を手伝っているから、彼氏の存在を隠したままだと休みも取りにくいし、会話の中でも辻褄が合わないことが増えてしまう。

「お母さんもフミノさんの本を読んで応援してくれてたし……きっと大丈夫だよね」

「ファッション業界にいた方だから、まわりにゲイの人も多かったかもしれないしね？　お母さんなら大丈夫っしょ！」

ちなみに、僕の両親には、付き合ってすぐのタイミングで報告していた。

「彼女と付き合うことになったんだよね」

「え!?　あのお店大好きなんだから、あそこのピザが食べられなくなるようなことだけはしないでよ」

「ひどいなあ（苦笑）。大丈夫だよ！」

そんなやり取りだったから、僕は彼女の両親のことも正直、楽観視していた。

現場で働いていた僕の携帯に、彼女からの着信が立て続けに何度も入っていた。仕事の休憩時間にトイレで携帯を見たら、「お母さんに言ったら大反対されて揉めてしまった」という内容のメールが届いていた。

マジかぁ……。

「とにかくフミノを呼び出せと言っている」ということなので、その日の仕事終わりに、ご両親が営むピザ屋へ直行することになった。

営業終了後の店内に飛び込むと、さめざめと泣く彼女の姿があり、その隣には彼女のお母さんがものすごい形相で僕を待ち構えていた。

これまで美味しく楽しくピザを食べていたその席で、激しく詰問される日が来ようとは……。

「フミノさんのことは応援するけど、それと娘と付き合うことは全然話が違います。とにかくすぐに別れてください」

「うちの子とあなたは住む世界が違うの。一生交わることはないから」

「あなたはあなたの世界で生きていきなさい」

「うちの娘はそっちじゃないんだから、変な世界に連れて行かないで」

僕自身、30年間もセクシュアルマイノリティの当事者として生きてきたわけで、自分が社会的にどんな立場に置かれているかについては、わかっているつもりだった。

でも、甘かった。

第三者として僕のような性的少数者を応援することができていても、身内に特別な関わりを持つとなると、世間の目というものもあって、そう簡単に状況を許容することができない、というのはよくある話だった。

とはいえ、そう簡単に彼女のことを諦めて引き下がれるわけでもない。

1年の付き合いを経たこの時にはすでに、僕は彼女のことを人生のパートナーとして大切に想っていたし、それは中途半端な気持ちではなかった。

彼女のお母さんの言葉を、ずっと黙って受け止めていた僕は、自分を落ち着かせ、言葉を選びながらこう返した。

「おっしゃることは自分なりに理解しているつもりです。自分が社会的にどんな立場にあるか、僕なりに自覚もしています。でも、たとえトランスジェンダーであることが社会的にマイナスに見られることだとしても、そのことで娘さんに嫌な思いをさせるようなことはありません。それだけのことはやってきたつもりです」

僕が言い終わる前に、言葉を遮るようにお母さんは言った。

「あなたがいい人だなんてのはわかってるのよ！　でもそういう話じゃないの。あなたとうちの娘は住む世界が違うのよ。あなたはあなたで生きていけばいいじゃない。お願いだから、うちの娘を巻き込まないで！」

お母さんの言葉は、どこまでも鋭かった。心が苦しくなった。

「とにかくあなたは頭丸めてお遍路にでも行ってきなさい！」

「……（すでに僕、坊主なんですけど……）」

お母さんも、何に怒っているのかわからなくなってしまうくらい混乱していたのだろう。誤解のないように書いておきたいのだが、彼女のご両親は本当に素敵な方で、とっても仲良しなファミリーだ。彼女はふたりが歳を重ねてから生まれたひとり娘でもある。その娘を大切に思うからこその、反対だった。

それに、幸せに生きているＬＧＢＴＱのロールモデルが見えないことで、未来を描けないのは当事者だけではない。親御さんもまた、僕と付き合う我が子の幸せな未来が描けない。だから苦しんでしまう。

それが僕には痛いほどわかった。

「とにかく別れてください」

お母さんは頑《がん》として繰り返した。

僕はその言葉に楯《たて》を突こうとは思わなかった。

でも……別れるつもりもない。そして何よりも、嘘はつきたくなかった。

「……ちゃんと考えます」

その時の僕は、ひと言だけ返すと、黙って泣いている彼女を横目に見ながら一礼して店を後にした。

時間が解決してくれないこと

あーあ、どうすっかなー……。

脱力しながら、僕はひとり、とぼとぼと家路についた。

僕のことをまったく知らない人が相手なら、少しずつ人となりを知ってもらえば、わかってもらえるんじゃないか？

そんな期待もできたけど、彼女のお母さんとはそもそも仲が良かったし、僕の本もすでに読んでくれている。何より「いい人だっていうのはわかってる。それとこれとは話が別」とはっきり言われてしまうと、他に打つ手がない。

もしも収入が足りないとか、男として頼りないという話であれば、「じゃあもっと頑張って稼ぎます」とか、いくらでも改善の余地はある。

でも、ダメなものはダメ、の一点張りでは改善策が見つけられない。彼女のお母さんにしてみれば「世の中にはこんなにたくさん〝普通〟の男性がいるのに、何もそこにいかなくてもいいでしょ」という思いもあったのだろう。

昔、うちの母親からよく言われた言葉が頭に浮かんだ。

「フミノがトランスジェンダーだというのはわかった。彼女を連れてくるのもかまわない。だけどお姉ちゃんが彼氏だと言って、フミノみたいな人を連れてきたら、やっぱり親としては受け入れられないかもしれない。そういう現実があることもわかっておいたほうがいいわよ」

そう話すオカンの気持ちは、もちろんわからなくもない。しかし、自分の家族からそれを言われるのは、正直辛かった。僕のことを理解していると言いながらも、やっぱりどこか受け入れてもらえていないのではないか、と悲しくなったこともある。

今でこそオカンは「フミノはフミノなんだから大丈夫」という感じだけど、わかり合えるようになるまでには、数えきれないほどの葛藤と対話があった。カミングアウトは点ではなく線なのだ。伝えてからが本当のスタート。そこからどうコミュニケーションをとるのかが肝心だ。

実の親子同士でも互いを理解するには相当な時間がかかったし、当の僕自身にしても、自分を受け入れるまでにはものすごく悩み抜いた。

だから、彼女の親御さんたちにいきなり理解してもらうというのは難しくて当たり前だ。彼女のご両親にも時間が必要なのだ。

その後も僕と彼女の関係性は変わらなかったが、苦しい時期が続いていた。

「悪いことをしているわけでもないのに、フミノさんと会う時にはお父さんお母さんにウソをつかなきゃいけない。それがしんどいよ……」

ひとりっ子の彼女とお母さんは、姉妹のように仲が良く、仲が良いからこそ、よく喧嘩もしていた。そんな大好きなお母さんに嘘をつかなければならない日々。せっかくふたりで楽しい時間を過ごしていたとしても、お母さんの顔を思い出すと、苦しくなってしまう。

僕は、彼女もそうだし、彼女の家族もそうだし、大切にしたいと思う相手を、自分のせいで苦しめてしまっていることが、何よりも辛かった。

自分が「ちゃんとした男」だったら……。

考えても仕方ないことはわかっていても、その気持ちが頭から離れることはなかった。

苦しかった。


でも彼女はもっと苦しかっただろう。

彼女は僕と付き合う前は、いわゆる世間一般に言う「普通」の男性としか付き合ったことはなかった。

しかし僕と付き合ったことで、彼女はある日突然マイノリティの当事者になってしまったのだ。

彼女にとっては、30歳近くになって初めて経験する差別と偏見。

しかも、自分の大好きな家族が、自分の選んだ大切なパートナー（である僕）に対して否定的な目を向けたり、差別的な言葉を投げかける場面に立ち会わなければならない。板挟みとなってしまうことは、どれほど苦しかっただろうか。

毎日が、なんだかとても重たくて、とても長く感じられていた。


そして数日なのか、数カ月なのか。

どれだけの月日が経ったかは思い出せないけれど、ある夜、彼女が泣きながら口を開いた。

「ごめん、もう無理。やっぱり私たち別れた方がいいと思う」

そろそろそんなことを言われるかもしれない、とは思っていた。これまでも、「家族に反対された」という理由で、お互いの想いとはべつに別れを選択してきた元カノもいた。

「別れよう」

僕も自分に負けそうになり、何度この言葉が口から押し出されてしまいそうになったことか。

自分が一番大切にしたいと思う人を、自分のせいで苦しめてしまう。

本当に大切なら、別れたほうがいいのではないか……。

でも、僕もいつまでもそれを繰り返しているわけにもいかない。自分のことを後ろめたいと思ってしまう、自分の細部にまで刷り込まれてしまった罪悪感との戦いでもあった。

その葛藤は決して消えることはなかった。

しかし、彼女の切り出した別れの言葉に対して、僕はわざと明るく振る舞った。

僕が不安な顔を見せれば、彼女を余計不安にさせてしまうだろう。

「大丈夫！　大丈夫！　絶対なんとかなるから！」

泣いている彼女に言い聞かせながら、同時に自分にも言い聞かせていた。

オカンとお母さん

彼女から「うちのお母さんがフミノのママに会いたがっている」という打診を受けたのは、その騒ぎからほどなくしてのことだった。

僕はもちろんＯＫで、事情を説明したらオカンも「もちろんいいわよ」と快く承諾してくれた。

とはいえ、またひどいことを言われるんじゃなかろうか？　という不安はあった。

僕に直接言われるだけなら別に構わない。ただ、それを親にぶつけられるのは辛いなあ、と思ったのだ。

「オカン、嫌なことを言われるかもしれないけど、大丈夫？」

「何言ってんの、そんなのぜんぜん大丈夫よ。とにかく会いましょう」

オカンの温かい言葉に、背中をポンと押されたような気がした。

当日は彼女のお母さんがひとりで我が家にやってきた。「今日は刺し違える覚悟で来ました！」くらいの気迫が見えて、思わず緊張したが、平常心を装ってオカンの隣に座る。両家の母は簡単に挨拶を済ませると、早々に本題へと入っていった。

「本当に大切に育ててきた娘なんです。だからとにかく別れてください。お母さまには失礼かもしれませんけど、うちの娘は普通なんです」

「ええ、本当に失礼ですよね」

この時のオカンの返しには、思わず吹き出しそうになってしまった。

オカンは、こう言葉を続けた。

「とても素敵なお嬢さんですし、お母様の気持ちはもちろんわからなくはありません。でも、うちも同じようにフミノのことが大事ですし、誰に恥じることもないと思っていますから」

相手の意見を受け入れつつも、言うべきことはやんわり主張する。

終始、凛とした態度で彼女のお母さんと向き合うオカンの存在がとても心強かった。

結局、僕と話した時と同じように、ハッキリとした結論が出ないまま母親同士の話し合いは終わった。最後まで見送ろうとする僕を玄関先でそっと制し、オカンは「タクシーが捕まるところまでお送りします」と言って彼女のお母さんと一緒に出て行った。

どうやらそこで母親同士の会話というものがあったらしい。

具体的にどんなことを話したのかはわからない。けど「お互い親として、我が子を想う気持ちには通じ合うものがあったよ」というようなことは、のちにオカンが話してくれた。

この母親同士の対話で、気持ちが多少収まった部分があったらしく、彼女からも「お母さん、少し気持ちが楽になったみたい」と連絡があった。

それでも交際に反対されているという現状は変わらないままだった。

やっぱり時間をかけて、少しずつ理解してもらうしかない。

彼女のご両親の気持ちが変わることを期待して、のんびり構えることにはしたけれど、「ダメなものはダメ！」という答えは、1年経っても、2年経っても、そして3年経ってもまったく揺らぐことはなかった。

東日本大震災

あれ？　なんか窓がガタガタいってるな。どうしたんだろう……？

そう思った次の瞬間には尋常じゃない揺れが襲った。僕はとっさに当時飼っていた愛犬のモモを抱きかかえうずくまり頭を抱えた。

2011年3月11日14時46分。東日本大震災。

地震が発生した時、僕は勤務時間中にもかかわらず自宅にいた。仕事のために実家の車を借りることになり、たまたま職場を中抜けして車を取りに戻っていたからだ。揺れが起こったのは帰宅直後だった。

　ほどなくして買い物に行っていたオカンが帰ってきた。他の家族や彼女とも連絡がつき、みんなの無事を確認してまずはひと安心。しかし店や田城さんにも電話をするもなかなかつながらず、しばらくはこの揺れで割れた食器など家の中を片付けながら、テレビに映る映画のシーンのような光景を眺めていた。

　店は大丈夫だったのだろうか。

　何度も電話をかけてようやく田城さんと連絡が取れたのは数時間経ってからだった。なんとかして店に戻る手段を見つけようとしたが、交通が完全に麻痺している中では術《すべ》がなく、翌朝出勤して目にした店の惨状は想像をはるかに超えるものだった。天井についていた直径3メートル以上ある空調が外れてぶら下がり、お酒の大半は落下して粉々。それらを片付けながら、帰るに帰れず店に泊まり込んだメンバーは心身ともに疲弊しており、たまたまラッキーなことに家にいた自分はなんとも肩身がせまかった。

　原発の問題や電力不足に自粛ムード、課題はいくらでもあったが、社長の指示で、基本的に全ての店は休まず営業を続けることになった。深刻だったのは、輪番停電で電気が止まるため、冷蔵庫の食材が持たないという問題。使えなくなりそうな食材を、うまく使えそうな別の店舗に運んだり、足りない食材を近隣の店舗へ借りに走ったり……。そして外国人のスタッフが、地震直後にこぞって国へ帰ってしまったことで起きた人手不足も問題だった。

　さらにこの時期僕は、突発的なめまい症になってしまっていた。余震なのか、めまいなのか区別もつかないまま、常に頭がクラクラした状態で出勤し、閉店までの時間をひっそりと過ごしていた。

これから世の中はどうなっていくのだろう？
こんな時に僕は、どうしたらいいんだろう？

本の出版以降、僕は社会的な活動を行っている人と知り合い、友達になることが多かった。フェイスブックのタイムラインなどには、いち早く現地に駆けつけ精力的にボランティア活動を行う彼らの姿があった。

そんな投稿を見るのが、なんとももどかしかった。

もし僕が働く前に、たとえば学生の時にこの震災が起きていたら、間違いなくグリーンバードの仲間たちのようにボランティアに励んでいただろう。早々に炊き出しや救援物資を届けようと被災地に行った仲間たちのように、僕もすぐ現地に駆けつけたかった。

でも、今の僕は会社員だから、社員としてやるべきことを優先させなければいけない。もちろん、こういうときだからこそ、自分がいる場所で、しっかり仕事を回すことも社会においては大事な役割だ。

それに、会社員として働くなかで学べることは本当にたくさんある。収入もそうだし、社会保険など、いろいろな面で恵まれていることも多い。

でも、思いついた時に自由に動けるというフレキシブルさは失われる。社員という責任のある立場である以上、大事な人に何かがあったとしても、よほどのことじゃない限りその人のそばにはいられない。

この頃、オトンからは「うちも今後どうなるかわからないし、こんな大変な時に外で一生懸命やるくらいなら、そろそろ戻って俺の仕事を手伝ってくれないか？」とも言われていた。被害は少なかったが、実家のとんかつ屋もなかなか大変な状況だった。

人生という限られた時間の中で、自分はこれから何を大切にして生きていきたいのだろう？頭の中にあったいくつかの選択肢と、自分をとりまく状況をみながら、改めて今後について考えるようになっていった。

「杉もだいぶ動けるようになったじゃん」

それから約3カ月がたち、世の中も少しずつ日常を取り戻していった。僕は相変わらず「銀星屋」勤務を軸にいくつかの店舗を掛け持ちしていたのだが、それに加えてまた、新店舗の立ち上げに駆り出されることになった。

「おい杉！　あの食材どうした⁉」

「はい！　いつもの倍仕込んでここに入れておきました！」

「おい杉！　料理の皿準備しとけよ！」

「はい！　社長から別の指示が出たときに備えて3パターン用意してあります！」

「おい杉！　バイトのシフトどうなってる？」

「はい！　他の店舗からヘルプも来てもらえるよう余分にスタッフも確保してあるので、状況みてフレキシブルに対応します！」

「杉もだいぶ動けるようになったじゃん」

そう声をかけてくれたのは、僕の新人時代を知る本社の上司だった。

あちこちバタバタ走りまわっているときに、ふとかけられたこのひと言が自分でも驚くほど嬉しく、今まで感じたことがないような充実感に満たされた。

大して褒められたわけでもないのに、なぜそんなに嬉しく感じたのか。

最初はよくわからなかったが、冷静に考えてみるとすぐに理解できた。

これまでも「フミノはすごいよね！」「頑張ってるよね！」と声をかけてもらうことはあった。特に本を出して以降は、人前で拍手を浴びる機会も少なくなかった。しかし、なぜかいつも素直に喜べない自分がいた。

なぜなら、その「すごいよね」も「頑張ってるよね」にも、それを言葉にするかどうかは別として、常に「性同一性障害で大変なのに」という前置きがあったからだった。

性同一性障害で大変なのに、頑張っているよね。

性同一性障害で大変なのに、すごいよね。

僕は「普通じゃない」のに頑張っている、という文脈の中でしか、評価されていなかった。いつまで経っても、他のみんなと同じ土俵で戦うことができないという、複雑な思いがつきまとっていた。

会社に入ってからも、前述したように性別のことは相変わらずついてまわっていた。

でも、この言葉をもらった時、初めて性別に関係なく仕事で認めてもらえた気がしたのだ。さまざまなバイアスにとらわれず、普通の、ひとりの人として評価される。僕に足りていなかったのは、この手応えだったのだ。

この出来事を機に、職場で性別の話も自然とできるようになっていった。性別のことは、僕という人間を構成する「すべて」ではないけれど、すべてのことに関わる大事な要素だし、自分とは切っても切り離せない大切なアイデンティティだ。性別に関係なく、みんなと同じ土俵で「普通に」戦える、という手応えを得た今、逆に僕がトランスジェンダーであるということを話題にすることで、それに興味をもってひとりでも多くのお客様が店に来てくれるのであれば、それは仕事に自分を生かす素晴らしい機会だと思えるようになったのだ。

自分の仕事によって世の中に何かしらの価値を生み出し、それによって対価を得る。そうやって得た対価で携帯代を払い、家賃を払い、友達とご飯に行く。なんと充実した日々なのだろうか。

仕事から学び、人としての成長や自己実現へとつなげていくことの大切さ。こんな当たり前にもみえることが、僕の人生には圧倒的に足りていなかったのだ。いや、もしかしたら僕だけではないのかもしれない。

実は入社後に、僕が不採用となった時の面接官とお話をする機会があった。

「杉山さん、あの時はすみませんでした。正直に言うと、やはりあの時は杉山さんの性別のことが人事では判断できず不採用にしてしまったんです。でもその後に社長に怒られましたよ。あんな面白いやつ落としてどうすんだって（苦笑）」

僕は運良くその後に拾ってもらえたが、セクシュアリティを理由に採用されなかったり首を切られたり、日本の企業ではそんなことがこれまで、数え切れないほど繰り返されてきた。

自分を成長させ、自己実現をしていくには欠かせない「仕事」。その入り口において大きなハードルがあることは、当事者にとっても社会にとっても大きな損失だろう。

このことは、僕のその後の人生に大きく関わる大切な経験となった。

会社を辞めることにしました

2011年の夏、僕は会社を辞めることにした。

仕事も充実してきて、やっとこれからという時期に辞めようと思ったのにはいくつか理由がある。

震災が起きていろいろ考えたこと、実家の商売のこと、30歳という節目の年を迎えたこと。

でも、やはり一番は、自分にしかできないことをやりたいという思いが強くなったからだった。

就職してからも、全国の当事者からの救いを求めるメールは、ひっきりなしに僕のところに届いていた。忙しい日々の中でも、できるかぎりメールに返信をし、会う機会を作って相談に乗った。

社員として働きながらも活動を続けることについては、事前に社長からお許しをいただいていたが、あくまで「仕事に差し支えない範囲」だ。休みなく朝から晩まで仕事に追われる日常と、こちらの活動を並行してこなすのは物理的に不可能だった。無理して引き受けようとした講演会を直前でキャンセルしてしまったりと、ここに来て、その無理がはっきりと形に現れていた。

僕のような人間が、一般企業でセクシュアリティに関係なく同じ土俵で戦っていけるのだという姿を見せていくことは、社会にとっても、同じ悩みを抱えている人たちにとっても大切なことだと感じていた。

でもそれと同じくらい、当事者のひとりとして、自分にしかできないメッセージを発信することも、僕にとっては大切に感じていた。

今、僕が置かれた状況でどちらを優先すべきかといえば、会社員としての仕事ということになる。仮に講演の日の営業が、その日のアルバイトをひとり増やせば済むような内容であったとしても「人が足りない」と言われてしまえば、僕にしかできない講演を断らなければいけない。

まだ入社して2年の小僧が何を言う？

そう思う自分もいた。

でも、この2年間でできることは全力でやりきった感覚もあった。

2011年の夏、僕は上司に退職する意向を伝えた。

辞めるときも不義理がないよう会社の意向も踏まえ、時間をかけて引き継ぎなどを行い、実際に退職したのは翌2012年の3月末だった。

会社を辞めることが同僚に伝わると、田城さんをはじめ、それまで厳しかった上司も優しく接してくれるようになり、多くの方から温かい言葉をかけていただいた。怖かった上司も、性格が怖いのではなくて、とにかく仕事に厳しかっただけだったのだ。

今でも「際」時代の上司や同僚とは、いい関係が続いている。

辛いという理由で逃げるように辞めていたら、こうはならなかっただろう。

ボロボロになるまで全力で向き合ってよかった。

期間にして約2年半。2012年春、僕の人生初の会社員生活はこうして幕を閉じた。

NHKで司会者デビュー

会社を辞めてから、僕の日々は目まぐるしく動きはじめた。これまでちりばめてきた点が繋がって線となり、面となっていく、まさにそんな感じだった。いろいろなご縁が繋がっていく形でこの年、僕は新しいことをいくつも始めている。

5月　NHK教育『Our Voices』の司会
6月　「Bar緑」オープン
9月　Café & Bar & Gallery「Like! SHINJUKU」オープン
9月　NPO法人「ハートをつなごう学校」の設立

まず、NHKの話。

毎回さまざまな社会課題や問題をテーマにして、生きづらさを抱える人たちの声を伝えてきた『ハートをつなごう』という番組がリニューアルするタイミングで、作家の石田衣良さん、アーティスト集団Chim↑Pomのエリイさんとともに司会を務めることになった。

レギュラーとしてテレビに出させてもらえることについては、少し躊躇した。僕はこれまで、自分はメディアにあまり出過ぎないほうがいい、と思っていたからだ。「LGBTって結局メディアの中にしか存在していないような、ちょっと変わった人でしょ？　自分には関係ないから」といったイメージを助長したくなかった。なるべく、〝近所のお兄ちゃん〟的なポジションを保てたら、とも考えていた。

その一方で、メディアに出ているセクシュアルマイノリティの〝偏り〟には疑問を抱いていた。オネエタレント的な文脈で、面白おかしく扱われる人ばかりで、また、女性的な男性や男性から女性に移行された方ばかり。僕のように女性から男性に移行した人をメディアで見かけるのは極めてまれだった。

僕たちのような存在が社会で普通に暮らしていくためには、オネエ的な、一面的な偏りではない人もメディアに出るべきなのかもしれない。それもNHKの番組で、しかも司会というポジションを担当させてもらうのは大きな意味がある。

それにレギュラーの司会という立場なら、継続的かつフラットに発信していける。これからは一般企業でも、セクシュアリティをオープンにしながら働く人が増えていくだろう。でもメディアで、そういったことについてフラットな発信ができる人はまだまだ少ないのではないか。ならば挑戦してみる価値はあるかもしれない。

僕は、司会のオファーを受けることにした。

収録は、毎回とても刺激的だった。

番組のテーマは薬物依存、シングルマザー、性暴力、虐待、見た目問題などなど、多様で深刻な問題を扱っていた。すでに知っていたこともあれば、まったく知らなかった世界も多く、さまざまな生きづらさを抱えている当事者たちの話を聞くことで、僕自身の視野は大きく広がっていった。

たとえば、親から虐待を受けて育ったAさんの話。

家から逃げ出して、新しい家族を作りたいとパートナーとの間にお子さんをもうけた。しかし、可愛くて、愛おしい、と感じる我が子に、気づいたら手をあげてしまっている自分がいたという。理由を聞くと「親に愛されている我が子を見ると、虐待されていた時の自分が嫉妬をしてしまう」とのことだった。なんであなたはこんなに愛されているのに、自分はあんなに辛い思いをしなければならなかったのか、と。そして自分でもコントロールできず、大事な我が子に虐待を繰り返し、同時に自己嫌悪に陥る……。

顔に傷のあるBさんの話。

彼女はその傷のせいで幼少期からいじめを受け、引きこもりに。しかし生活のためにお金を稼がなければと、風俗で働きはじめる。照明の暗いところでは顔の傷を気にしないで済む。そして風俗の仕事では「こんな自分」も誰かに必要とされることが実感でき、初めて自己肯定感を得られるようになった、とも。

薬物依存症から抜け出せず、そこからさまざまなトラブルに巻き込まれてしまったCさんの話。なぜ薬物がやめられなかったのかを問うと、「仕事のプレッシャーから逃れるため、甘い誘いを断れず、つい手を出してしまった」と。そこからは薬物を使わなければ仕事に行けなくなってしまい、出勤するために薬物を打ち続けてしまったという。僕は、そんなことなら仕事なんて辞めてしまえばよかったのではないかと思うけれど、そこには本人にしかわからない苦しさや葛藤があったのだろう……。

セクシュアリティや鬱、その他さまざまな依存症のように、なかなか目には見えない問題から、身体の欠損などのように目に見える問題まで。当事者の方と話していく中で、共通の課題も見えてきた。

その多くは、「人と違う」ということが問題視されているが、実際には「違いを受け入れられない社会や人々の意識」の方に多くの問題があるということ。特に、彼らが感じている生きづらさは、周囲の無知や無理解からきていることが多く、さらに社会の課題が個人の課題に責任転嫁されていることも多い。

また、あまりにもたくさんの問題が複雑に絡み合っているため、ひとつひとつの問題を見えづらいものにさせているケースも多かった。

いくら自分がマイノリティの当事者とはいえ、それぞれに極めてセンシティブな話題に切り込んでいくのは毎回大きなプレッシャーや緊張感があり、その分、学びは大きかった。

それまでは自分が当事者としてインタビューに答えるばかりだったが、逆に質問する側に回ったことで、より相手の目には見えない部分やその背景を想像しながらコミュニケーションをするようになった。また、ここまでだったら聞いても大丈夫だろう、この聞き方であれば答えやすいのではないかなど、これまでの自分の経験を生かし、丁寧に言葉を選ぶようにもなっていった。

もうひとつ、「罪を憎んで人を憎まず」という言葉を、以前よりも深く、実感できるようになったことも僕にとっては大きなことだった。

極端な例えをすれば、人殺し。人殺しはもちろん許されるものではない。

しかし、誰だって人を殺したいと思って生まれてきたわけではないだろう。

殺した人個人を憎み、罰するだけではなく、何故その人が人殺しをするまでに至ってしまったのか、その背景に目を向けなければ本当の意味での解決には繋がらない。

この考え方は、全ての課題に共通しているように思えた。

みんなが暮らしやすい社会とはどんなものなのか？

それを実現するには何が必要か？

番組を通じ、あらゆる社会課題と向き合うようになったことで、僕の中に新たな思いが芽生え始めた。

それまでは無知や無理解から自分ばかりが傷ついてきたと思っていたが、それと同じく、きっと僕も常に誰かを傷つけているということ。

悪意はなくても、「自分とは関係ない」という無関心や「自分に限ってそんなことをするはずがない」という慢心により引き起こされる加害行為。「自分だけは大丈夫」などということはありえないのだ。

誰もが何かにおいては当事者だけど、別の何かにおいては非当事者にもなり得る。つまり、すべての社会課題は表裏一体であり自分のこと。だからこそ周りの声により深く、耳を傾けていく必要がある。

そう思えたことは、僕のそれ以降の生き方にとって、大きな学びとなった。

もうひとつ、僕はこの司会を引き受けたことで、生まれてはじめて、ポジティブな意味で服装にも気を使うようになった。

もともと手術をする以前には服を選ぶ基準はただひとつ、「女性的な体のラインが出ないこと」だった。ファッションなど気にする余裕もなかったので、いつも同じようなダボッとした格好ばかりしていた。

しかし、メディアに出るようになれば、トランス男性の代表的存在として見られてしまうことになる。自分が望むと望まないとにかかわらず、表に出ている人が他にいない限り、そう見られることは避けられない。このことは『ダブルハッピネス』の出版から学んだことだった。

だったら、「トランス男性ってなんかダサいよね」とは思われたくない。そこで、毎回出演時の服を選ぶときには彼女に相談したりして、自分の見られ方をしっかり気にするようになった。

コミュニティの広がり

新規オープンとなった、２つの新店舗についても触れておこう。

「Ｂａｒ緑」は、ＮＰＯ法人シブヤ大学の代表理事である左京泰明さんから、「いい物件があるんだけど、一緒にお店やらない？」と声をかけられたことがきっかけだった。渋谷区神宮前にあるバーのオーナーが海外に行くため、誰かに事業を引き継いでほしいとのことだった。半信半疑で物件を見に行くと、緑のツタに覆われた素敵な外観に、大きなL字カウンターを中心としたゆったりとした作りで好感が持てた。この時は自分ひとりで店をやってみたいという思いが強く、左京さんのオファーへの答えは決めかねていたのだが、仮オープンの当日、気づけば僕はカウンターの中に入ってジントニックを作っていた。最終的には「やっちゃいますか！」といういつものノリで、左京さんともうひとり、僕のアニキ分であるルキさんと3人で開店費用を出し合うことになり、いきなり共同オーナー兼店長に収まった。

営業を始めてみると、改めてこのお店の作りの面白さを体感した。Ｂａｒとしては珍しいほど大きなL字カウンターは隣同士と会話がしやすく、カウンターに座ったみんなで話が盛り上がる。別々に来店した人同士がすぐに仲良くなっていく。僕もこれまでいくつもバーカウンターに立ってきたけれど、こんな体験は初めてだった。

そして、気づけばＬＧＢＴＱのお客様が多く集まるようになっていた。決して「オナベＢａｒ」ということを売りにしたわけではないのだが、僕が毎晩カウンターに立っていたので、自然な流れだったのだろう。ほとんどが知人の繋がりだったので、ストレートでもＬＧＢＴＱにある程度理解がある人が多かった。そのことも当事者の人が安心して通ってくれる理由となった。もちろんいつもセクシュアリティの話題ばかりをしていたわけではない。仕事・恋愛・時事ネタやゴシップから人生相談まで。どこにでもある飲み屋の会話だ。その会話の中に、無理なく自然とセクシュアリティの話題が入り混じっていく。お客様の割合でいうとＬＧＢＴＱの人とストレートの人が半々くらい、もしくはＬＧＢＴＱのほうが多い夜もあった。つまり、マイノリティとマジョリティが逆転するような状態。そこではＬＧＢＴＱのスピードラーニングとでも表現すればいいのか、全く知らない人でも、カウンターに座っているだけで自然と理解が進み、愉快な仲間の輪が広がっていった。

新宿二丁目に飲みに行くこと＝当事者、というわけではないのだが、周りの目を気にしてなかなか新宿二丁目には行きづらい、といった声もあった。そこで僕は営業方針をクローズドに切り替えることにした。会員制というほどではないが、この店のコンセプトに理解がある方々のゆるやかな紹介制という感じ。この空間を大切にしてくれる人を大切にしたい。有名無名問わず、セクシュアリティに関係なく、ここに来た誰もが安心して飲める場所にしようと思ったのだ。

いつものお酒といくつもの出逢い。縁は次第に口コミで広がり、クローズドにしてからのほうが逆にお客様が増えていった。

もうひとつの店、「Ｌｉｋｅ！」は、オトンからの話だった。

震災後に「会社を辞めてそろそろとんかつ屋を手伝ってくれないか」と言われていたのだが、

いざ会社を辞めたら「まだお前に振れる仕事がないんだよね」って……なんでやねん！　と相変わらずツッコミどころ満載の我がオトンだったが、今回はとんかつ屋とは別の店を、という相談だった。

オトンは歌舞伎町一番街にある『とんかつ茶漬け すずや』と並行して、同じビルの地下でもつ焼き屋を経営していたのだが、売り上げが伸びず、閉店を検討していた。しかし半年後にはビルの建て替えが決まっており、そのような短期間では新しいテナントに入ってもらうわけにもいかない。このまま赤字続きで経営するより、ビルの建て替えまでの半年間、代わりに何かお店をやってくれないか？　とのことだった。

「オトンが仕事ないって言うから『Ｂａｒ緑』を始めたのに……そんなこと急に言われても無理だよ」

そう言葉を返しつつも、よいことも悪いことも受け入れる懐の深い街・新宿歌舞伎町、僕はこの街でお店をやりたいと以前から思っていた。また、前職で身に着けた飲食の経験をどこまで活かせるか、どこかで試してみたい気持ちもあり、この提案も魅力的ではあった。

そこでやるなら、カフェバーが面白いかもしれない……歌舞伎町には打ち合わせができるようなカフェも少ないし、国内外からさまざまな人が集まるにもかかわらず、インフォメーションセンターもない。場所は街の入り口あたりだから、ここを待ち合わせ場所に使ってもらって、軽く一杯飲みながら今日は新宿で何して遊ぼうか？　なんてゆるゆる話せる場所があってもいい。歌舞伎町グリーンバードの仲間たちが溜まれるようなコミュニティスペースも面白いかも……。

考えれば考えるほどアイディアが浮かんできて、やってみたいという気持ちが高まる。しかし、身体はひとつ……。

そこで、ちょうどこの時に転職を考えていた大学時代の頼れるバイト仲間・カズマに声をかけ、ふたりでこの店の準備を始めることになった。とはいえ、お金はあまりかけられない。ビール飲み放題の報酬付きで仲間を募り、内装の解体からペンキ塗りまですべてＤＩＹでやりきった。

９月末にオープンした店の正式名は「café&bar&gallery Ｌｉｋｅ！ ＳＨＩＮＪＵＫＵ」。由来はズバリフェイスブックの「いいね！」から拝借（笑）。新宿や歌舞伎町に「いいね！」って思ってくれる仲間が集ってくれたら、という思いからだった。また歌舞伎町の「怖い」「汚い」というイメージも変えようと考え、内装も外観も白を基調として、店内の白い壁では定期的にアーティストの展示を行うなど、明るいイメージを前面に押し出した。

スタッフの募集も、予算がないので僕のツイッターとフェイスブックで呼びかけた。

特にＬＧＢＴＱに限定して募集をしたわけではない。しかし、応募してくれたのは当事者の子が大半だった。自分らしく働きたいけど、セクシュアリティを前面に押し出して働く水商売には抵抗がある。だけど一般の職場で初対面の上司にイチから自分のことを説明するのもハードルが高い……そんな子たちが「フミノのところなら、性別のことなど気にせず働けるんじゃないか？」ということで応募してきてくれたようだった。もちろん僕もカズマも、とにかく仕事さえしてくれれば大歓迎。

そんなわけで「Ｌｉｋｅ！」はカズマが店長としてお店に立ち、僕は「緑」の前後で「Ｌｉｋｅ！」に立ち寄るかたちで店をまわしていくことになった。

店の立ち上げからほどなくして、僕は嬉しい変化を感じることになる。

それは、アルバイトの子たちが楽しそうに働く姿だった。

「ああ、これか！」

僕は「際」で働いていたころの自分を思い出した。

当事者がセクシュアリティをオープンにしながら自分らしく働き、いち社会人としての自信を持てるようになると、隠れていた本領が発揮され、めきめきと成長していく。人材がどんどんと育ち、店としてもありがたかった。逆にこんなにいい子たちが、これまで思うようにアルバイトすらできなかったなんて、なんともったいない……。それだけ、まだまだ僕たちの社会では、LGBTQが「普通に働く」ことにハードルがあることを、改めて実感した。

また「緑」と同じく、「Like!」に来てくださるお客様も、自然とLGBTQのお客様やアライ（支援者）のお客様が増えていった。そうでない方で、たまたまいらしたお客様も、「これまで当事者の人に会ったことがなかったけど、話してみるとそのへんのお兄ちゃんと全然変わらないね」とか、「LGBTQの人って意外とたくさんいるんだね」と、ポジティブに感じてくださる方がほとんどだった。店の成り立ちを知る中で自然とスタッフとのコミュニケーションが生まれ、いい関係性が生まれていったように思う。

もうひとつ、予想していなかった副産物もあった。

この頃も、全国の当事者から「フミノに会いたい、悩みを聞いてほしい」と多くの連絡をもらっており、店に遊びに来ていただくこともあった。彼らに会えるのは嬉しいことだけど、営業中にその人の悩み相談だけに集中するわけにもいかない。

ところが、実際「フミノに会いたい」とSOSの連絡をくださる方々も、どうしても僕でないとダメかというと、そうでもなかったのだ。連絡をくれるほとんどの方は、病院へ行ってカウンセリングを受けたいわけではない。でも、いきなり新宿二丁目のようなエリアへ繰り出す勇気もない。とにかく「普通」に仕事の話や恋愛の話をしたいだけ。でも、自分のセクシュアリティをオープンにしてしまうと安心して日常会話すらできる場所がなかなか見当たらない。当事者同士だからこそ話せるデリケートな悩みもあるし……。そんなニーズに応えられる場所として、「Ｌｉｋｅ！」はちょうどよかったのだ。当事者のスタッフが多いこの店内では安心して会話をすることができる。お客さんもスタッフも、互いがありのままの自分でコミュニケーションをとるようになった。

若い当事者のスタッフやお客さん同士が会話を楽しみ、カズマのようなストレートの人たちも、それぞれのペースで美味しいお酒や食事を楽しむ。そして何気なく両者が交わることで、互いの理解と価値観の輪も広がっていく――。

短期間で、「Ｌｉｋｅ！」はとてもいいコミュニティに育っていった。

マイノリティの居場所を作る

もうひとつ、この時期に立ち上げたことについても触れておきたい。ＬＧＢＴＱの子どもたちをサポートするためのＮＰＯ法人「ハートをつなごう学校」を設立したのだ。

「ＬＧＢＴの中でも、特に子どもたちをサポートする活動を一緒にやらない？」

そう声をかけてくれたのは、ゲイをオープンにして、日本で初めて区議会議員（東京都豊島区）

に当選した石川大我《たいが》さん（現在は参議院議員）。大我さんはＮＨＫの『ハートをつなごう』で共演したり、よく顔を合わせている仲間のひとりで、かねてから何か一緒にやりたいねと話していたのだ。自らの経験でも、子どものころが一番苦しい思いをしていたこともあり、このお誘いも断る理由はなく、何人かの仲間に声をかけてプロジェクトをスタートさせた。

ＮＰＯの立ち上げで参考にしたのは、ＬＧＢＴＱ若年層の自殺予防を目的としたアメリカの「It Gets Better」（イット・ゲッツ・ベター）というオンラインビデオチャンネル。その名のとおり「未来はこれからよくなるよ」「君はそのままでいいんだよ」というメッセージを、さまざまな立場の人の言葉で伝えていく動画で、多様なセクシュアリティのロールモデルを可視化するにはうってつけだ。この日本語版をイメージしてサイトを立ち上げようということになった。

ちょうど厚生労働省の自殺総合対策大綱に「性的マイノリティ」という文言が入るという動きもあり、子どもたちのいじめや自殺防止対策ということでスタートするのにはタイミング的にも絶好のチャンス。そしてこれを9月10日の世界自殺予防デーに合わせて立ち上げた。今も見ることができるので、関心のある方は、是非ご覧になっていただきたい。

ＮＨＫの番組の司会をすることで、僕は自分たちマイノリティの存在が、社会の中に「普通」に存在することを、世の中に示そうとした。

ふたつのお店は、ＬＧＢＴＱの当事者たちや、関心を持つ人たちが、それぞれに自分らしく、「普通」でいられるような場所となった。

そして「ハートをつなごう学校」は、セクシュアリティに関する悩みや違和感を持った子どもたちに向き合い、その子の「普通」がたとえまわりと違っていたとしても、「そのままでいいんだよ」と声をかけてあげられるような、そんな場所になった。

初めての同棲と、子どものこと

この頃、彼女と過ごす時間は僕にとって、ますますかけがえのないものとなっていった。付き合いも順調で、心身ともに充実した日々が続いていた。

幸いなことに、「Ｂａｒ緑」は連日盛況、「Ｌｉｋｅ！」も黒字化を達成し、収入も安定してきた。

このタイミングで僕は、実家を出てひとり暮らしをすることにした。

恥ずかしながら30歳にして初めてのひとり暮らし。

２０１２年12月のことだった。


そのころは彼女も京都から東京に戻っていて、彼女の友達３人とシェアハウスに住んでいた。

そこで、近いうちに一緒に暮らすことを前提に、ふたりで不動産屋を巡った。

新しい生活を想像しながら、彼女と一緒に物件や家具を選ぶのはなんとも心弾むものだった。

飛び込みで入った不動産屋の担当のお兄ちゃんもなんともノリがよく、まるで３人暮らしでもするかのように「間取りがどうだ」とか「風呂場がどうだ」と３人ではしゃぎながら何軒も物件を巡ったのを覚えている。

「Ｌｉｋｅ！」は歌舞伎町、「Ｂａｒ緑」は神宮前だったので、どちらにも自転車で通えるような範囲で探し、新宿二丁目から徒歩2分ほどの、広くはないが日当たりのよい小さなアパートで、新しい生活がスタートした。

ほどなく彼女も一緒に暮らすようになり、初めての同棲生活がはじまった。

ただ、彼女のご両親には相変わらず付き合いを反対されていたこともあり、彼女はシェアハウスをそのままにして、僕との同棲はご両親には知らせずにいた。

一緒に寝て、起きて、ご飯を作ってテレビを見る。

昼夜逆転していた僕の生活のせいで、共に過ごせる時間は限られていたが、それでも生活を共にするのは幸せだった。実家にいたときも決してうるさい親ではなかったが、親元を離れた解放感と同時に、改めて親のありがたさも感じるようになっていた。

そんなある日の夕方、つけっぱなしにしていたテレビから「性同一性障害の男性が……」というアナウンサーの声が耳に入ってきた。当時は今ほどＬＧＢＴＱに関する報道があったわけではない。珍しいな、何のニュースだろう？　と夕飯の準備をしていた手をとめた。

「ＧＩＤ（性同一性障害）の男性が、法律上も父になりたいと起こした裁判」に関するニュースだった。

女性から男性へ移行する手術を行い、戸籍も男性へと変更し、その後女性と結婚。第三者からの精子提供を受け、パートナーとの間に子どもを授かったのだが、その子どもが嫡出子（婚姻関係にある男女間に生まれた子）として認められなかった。そこで裁判を起こした、というニュースだった。

僕はその短いニュースをどこか他人事のように観ていた。

子どもと言われても、全くピンとこなかったのだ。

むしろ、「戸籍の変更までできたのなら、もうそれで十分じゃん。何も裁判までして子どもだなんて……」と、否定的にすら捉えていたかもしれない。

しかし、この裁判はその後、僕が子どもを持つに至るまでの道のりを歩むにあたって、大きなきっかけとなった出来事となった。

僕がこの裁判の原告である前田良さんに会ったのは、このニュースに接してから数カ月後、彼が二審で敗訴したころだった。知人から僕のところにこの裁判を手伝ってくれないか？ と連絡がきたのだ。当時はまだ性同一性障害の当事者ということで、名前と顔を公表して活動している人が限られており、この裁判を後押ししてもらえないか、そのためにも一度原告に会ってみてほしい、ということだった。

ニュースを他人事として観ていた僕だが、お会いするのを断るほど否定的に観ていたわけではない。裁判を起こすほどの強い思いを持つ前田さんご自身への関心もあったので、依頼を受けることにした。

その日、僕はオンタイムで待ち合わせ場所であった新宿にあるホテルのロビーに到着した。そこから5分ほど遅れて前田さんが登場した。

「すみませーん。子どもがぐずっちゃって」

現れた彼は、僕と同い年、どこから見てもただのおっちゃんだった(笑)。

そして彼の足元に「パパー！」としがみつくふたりの子どもたちと、後から微笑《ほほえ》ましくその姿を見守る前田さんのパートナー。

どこからどう見ても、「いい家族」、「普通の家族」だった。

〈こんなにいい家族を『家族』と認めない日本の法律って、いったい何なんだろう……〉

同時に、こんな思いにもとらわれた。

〈そうか、血の繋がりにさえこだわらなければ、僕も家族を持つことができるのかもしれない……〉

その日は、お互い自己紹介をしつつ、裁判の状況など、いろいろな話をした。前田さんは、ただ闇雲に国に対して文句を言いたいというわけではなく、その切実な想いがひしひしと伝わってきた。

中でも一番印象的だったのは、彼の親としての責任感だった。

「この子たちの未来のために、おかしいことはおかしいとしっかり声をあげるのが、親としての責任だ」――。

そこには父親としての、確固たる強い責任感と覚悟があった。

その日の晩、僕は彼女に前田さんのことを話した。

僕と彼女の間にも子どもの可能性が……といった具体的な話まではしなかったが、今まで考えたこともなかった「子どもを持つ」という選択肢が、自分の人生で初めて、リアルな可能性として結びついた夜となった。

第3章　東京レインボープライド

偶然か、必然か

「どれだけ多くの人に出会うか、どれだけ多くの活字を読むか、どれだけ長い距離を移動するか、この3つによって人は成長する」

僕は、幼少時よりオカンにこう教えられて育った。

今、自分の人生を振り返ってみても、本当にその通りだと感じている。

その中でも特に僕が一番大事にしてきたのが、「人との出会い」だろう。

何よりも僕を成長させ、ここまで生き抜く力を与えてくれたのは、今まで出会った全ての人たちのおかげであることは間違いない。

パートナーである彼女との出会いはもちろんのこと、もうひとり、公私ともに切っても切り離せない大切な存在となったゴンちゃんこと松中権《ごん》との出会いも大きなことだった。

そして、その出会いはあまりにも偶然だったし、今となっては必然であったと感じている。

ゴンちゃんがいたから、僕はさまざまな活動の範囲を大きく広げていくことができたのだ。

ゴンちゃんと出会ったのは2009年。僕は「際コーポレーション」で目まぐるしく働いていたころだった。

彼とのご縁をくれたのは、モガ君こと最上紘太だった。

大手広告代理店である電通に勤めるモガ君は、慶応大学ラグビー部出身で短髪ゴリマッチョ。もともとは僕の姉の高校時代からの友人で、僕がまだ〝女子高生〟だったころ、姉友の輪に混ぜてもらって何度か遊んだことがあった。2006年に『ダブルハッピネス』を刊行したときには、PRを手伝ってくれたこともある。一緒に仕事もしたし、合コンにも連れていってもらったし(笑)、彼はトランスジェンダーである僕を、公私ともに可愛がってくれていた。

ある日のこと、そんなモガ君から夜中に電話がかかってきた。

「遅くにすまんね。実は今日、会社の先輩にゲイだってカミングアウトされたんだよ。やっぱり身近にいるんだな。フミノのおかげでいろいろ話せたよ。めちゃ仕事もできる人で、今その先輩と別れたところなんだけど、今度フミノにも紹介するよ!」

「そうなんですね。是非ぜひ!」

今なお当事者が職場でカミングアウトするのは大変だが、今から10年以上も前となればさらにハードルが高い時代だった。それでもカミングアウトしたということは、よっぽどモガミ君を信頼して話したということだろう。この3年間は本当によくモガ君と遊んでいたから、LGBTの話はかなり共有していたし、それが少しでもこういった一歩に繋がったのは、僕としても嬉しい出来事だった。

そして、その翌日。

僕は仕事帰りによく行くゲイバーへひとり立ち寄った。仲良しのマスターとたわいもない会話をしていると、隣に座っていたお客さんの会話から気になるキーワードが漏れ聞こえてきた。

思わず口を挟んだ。

「あれ？　電通なんですか？　僕のアニキ分も電通で働いていて、初めて先輩にカミングアウトされたって、昨日の夜電話がかかってきたんですよね」

「えっ！……そのアニキ分って、もしかしてモガミのこと？」

「ま、まさかの？（笑）」

このお隣さんこそ、モガ君にカミングアウトした張本人、ゴンちゃんだったのだ。

お互い、少々興奮気味に自己紹介を終えたあたりで、僕はなぜ彼がモガ君にカミングアウトしたのか、その理由を改めて聞いてみた。

「いやさ、モガミと僕とで仕事帰りにご飯食べに行ったら、偶然仕事関係の人と隣り合わせて、そのまま一緒に飲むことになって。そしたらたまたまＬＧＢＴの会話になったんだけど、相手のグループの人たちがあまりにも的外れな話ばっかりだったんだよね。僕は思うことがいっぱいあって、喉まで出かかったんだけど、もしこれ言ったらゲイだってバレちゃうかも、と思って言えなかったの。社内では一切カミングアウトしてなかったから」

カミングアウトをしていない当事者には、よくある状況だった。オフィスの自分の隣の席に当事者がいる、なんて考えたこともない人が多いのだ。

「そしたら突然モガミが『それ全然違いますよ。ＬＧＢＴっていうのは……』って話し出したんだよね。あまりに正確な情報だったから、なんでこんなに詳しいんだろう？　って。それで、モガミなら大丈夫かなと思って、三次会のカラオケの時に思い切ってカミングアウトしたんだよね。社内の人にカミングアウトしたのは初めてだったからドキドキだったけど。そしたらモガミが『あー！　だからゴンさん合コン誘ってもつれない感じだったんですね！　早く言ってくださいよー！』って（笑）。それで、なんでそんなに詳しいのか聞いたら、『俺の弟分にフミノって奴がいて、そいつが性同一性障害なんですよ。フミノの本の出版も手伝ったり、しょっちゅう一緒に遊んでるんで、それで自然と詳しくなったんすよね』と」

それが、昨夜の電話に繋がった、ということだ。

こうして僕たちの運命の出会い？　とも言える関係性がスタートしたのだった。

ゴールデンウィークをレインボーに！

僕とゴンちゃんはその後、ちょこちょこと飲むようになった。

当時の僕はまだゲイの友達はあまりおらず、同じくゴンちゃんもトランスジェンダーの友達がいなかったので、同じようで全く違うお互いの話がとても新鮮で興味深かった。

また僕はそのころ、ある程度は自分らしく日々を過ごしていたものの、仕事とＬＧＢＴ関連の講演活動の両立や、収入面での不安など、まだまだ先が見えず、悶々とした日々を過ごしていた。

そんなこともあり、５歳年上で社会人経験も豊富なゴンちゃんにはいろいろ相談に乗ってもらうようになっていった。

「うーん、フミノはさ、なんか惜しいんだよね。いろいろできそうなんだけど、器用貧乏っていうか。何かないかなー」

アイディアマンのゴンちゃんは「あれはどう?」「これもどうかな?」と次々にいろんな提案をしてくれた。

そうこうしている間に、3年が経った。

第2章で書いたように、僕は「際」を退職すると、「Bar緑」とカフェバー「Like!」を始め、忙しく日々を過ごしていた。

ある日、ゴンちゃんが会社帰りに「緑」に立ち寄り、いつも通りカウンター越しで一緒に飲んでいると、こんな話を持ちかけてきた。

「フミノ、東京レインボープライドって知ってる? LGBTのパレードを運営している団体なんだけど、今日そのメンバーから相談を受けて、何か新しい企画ができないか考えてて。フミノ、こういう活動とか興味ないかな?」

レインボープライドの『PRIDE(プライド)』とはLGBTQのパレードのことを表し、自分のセクシュアリティに恥じることなく、誇りを持って生きていきましょうという意味が込められている。1970年にアメリカでスタートし、現在では世界中で行われているLGBTQのムーブメントだ。ちなみにLGBTQとは、

L（Lesbian　女性として女性が好き）
G（Gay　男性として男性が好き）
B（Bisexual　同性も異性も好き）
T（Transgender　出生時に割り当てられた性と異なる性を自認している人）
Q（Queer　異性愛やジェンダー・バイナリー［男性・女性の二択］を規範とする社会に違和感を覚える性のあり方、およびQuestioning　性自認や性的指向を定めない、定まっていない人）

これらの単語の頭文字を組み合わせた言葉で、セクシュアルマイノリティの総称として使われる言葉だ。1990年代に欧米で普及し、日本でも2000年代中頃から使われるようになってきた。ちなみに僕はTのトランスジェンダーだ（もともとはLGBTという言葉で普及したが、近年さらに多様化が進み、Qも加えてLGBTQと使われたり、I［インターセックス＝性分化疾患］やA［アセクシュアル＝無性愛］も加えたLGBTQIA、あるいは「LGBTs」や「LGBT＋」と表記することもある。本書では、2010年代前半までに出てくる場合はLGBT、それ以降はLGBTQという表記を使用している）。

では、なぜこのようなパレードを行うのか。

いくつか理由はあるのだけれど、一番は「社会へのアピール」だろう。セクシュアリティというのは非常に目に見えづらいので、言わない限りはなかなかわからない自己申告制。「LGBTQの友達なんて自分の周りにはいないよ！」という方は、それは「いない」のではなく「気づかなかった」だけかもしれない。「いない」のではなく「言えない」という現実があるからだ。ならば、年に一度はみんなで集まって、社会に対し「私たちはここにいますよ！」ということを伝えなければ、いつまで経ってもＬＧＢＴＱの存在が可視化されない。目に見えないセクシュアルマイノリティの存在をパレードという形でアピールし、みんなに理解してもらおうと、このような活動を行っている。

日本でも１９９４年から行われているが、社会的な状況や運営面の課題もあり、なかなか毎年続けて開催することができなかった。

そこで継続的なパレードの開催を目標に立ち上がったのが、任意団体「東京レインボープライド（ＴＲＰ）」であり、ＴＲＰとしては初めてのパレードが２０１２年の春に行われていた。

そしてこの年の冬、ゴンちゃんはＴＲＰのメンバーから、翌２０１３年の開催に向けてどうしたらより多くの人を巻き込めるか？　企業スポンサーを獲得するためにはどんなアプローチをしたらいいか？　といった相談を受けていた。ゴンちゃんはその頃、社内でゲイであることをオープンにして、ＬＧＢＴの居場所づくりをテーマに掲げる『ＮＰＯ法人グッド・エイジング・エールズ』を立ち上げ、仕事とＮＰＯの二足のわらじ生活をスタートさせていた。そのため、現役の広告マンでもありＬＧＢＴの活動に関わる彼のもとには、さまざまな相談が寄せられていたのだ。

僕も以前、パレードに参加するよう誘われたことはあったのだが、なんとなく気分がのらず、参加を断ってしまったことがあった。

「なんかあれって、同性愛の人たちがやってる過激なデモだよね？　性同一性障害はまたちょっと違うし、僕はもっと『普通』で『そういう方』とは違うんで、遠慮しておきます……」

いま考えてみれば、当時の僕はおそろしく無知で、自分自身が偏見にまみれていたと大反省だ。

ＬＧＢＴＱの当事者だからといって、すべてのセクシュアリティに理解があるわけではない。Ｔの僕には、それまでＬＧＢの友達はほとんどいなかったから、捉え方があまりに一面的だったし、「当事者の当事者嫌悪」の典型的な例だったかもしれない。そういった活動に対するアレルギーが強かったのが正直なところだ。

　ただ、ゴンちゃんとの出会いがきっかけで、ゲイの友人も増えはじめ、自分の中でも少しずつイメージが変わってきたころだった。

　僕の心が、少しだけ前に動きはじめている、そんなタイミングでの声掛けだった。

「へぇ……。どんな企画なの？」

「『ゴールデンウィークをレインボーウィークに！』っていうんだけどね。1年に1回、1日だけのパレードだけじゃなくて、フェスティバルウィークみたいなものを作ったほうが、当事者かどうかに関係なく、もっと多くの人が参加しやすくなるんじゃないかなと思って。日数も参加者も増えればその分企業も協賛しやすいし。それで……、これをやるならフミノが代表がいいんじゃないかなと思ってるんだけど、どう？」

「いきなりどう？　って言われても（笑）。なんで僕なのさ？」

「ＬＧＢＴって言っても、このコミュニティでは男社会がすごく強くて、こういった活動の代表はいつもゲイの人がやってきたんだよね。でもゲイコミュニティは歴史が長いし、コミュニティも広い分、実はしがらみも多くて……」

「しがらみ？」

「まあなんていうか、広いのに、狭い。もっとぶっちゃけて言えば、『元カレの元カレはみな元カレ』みたいな（苦笑）。人間関係も複雑だから、新しいことをやるとなると、必ずと言っていいほどモメちゃうんだ。だから、ゲイコミュニティの外側にいる、トランスジェンダーのフミノみたいなのが代表をやると、新しい感じでいいかなって。しかもフミノ、八方美人で誰とでも仲良くできるからケンカとかしなさそうだし」

褒められているのかけなされているのか（苦笑）。でも、そういわれれば、そうかもしれない。これは家系もあると思うのだが、僕は喜怒哀楽で言えば「怒」の感情が圧倒的に少なく、いろんな人と仲良くやることに関しては多少の自信もあった。僕にも役に立てることがあるかもしれない。

「まあ、そうかも……でも、パレードは1回も歩いたことないし、正直あんまりよくわかってないからな……。もちろん、僕にできることがあるならなんでもやってみたいとは思ってるよ」

「じゃあ、決まりだね！」

ということで、東京レインボーウィーク（TRW）という任意団体が立ち上がり、トランスジェンダーの僕が代表となり、ゲイのゴンちゃんとレズビアンの増原裕子《ひろこ》さんが副代表となった。

そしてこの団体と、これまでパレードを主催していた任意団体である「東京レインボープライド」が力を合わせて、毎年ゴールデンウィークにTRPとTRWを運営することになったのだ。

後年、このふたつの団体は統合され、現在のNPO法人『東京レインボープライド』となる。

パレードのことなど何も知らない人間が、突然パレードの代表になろうとは……我ながら、後先考えないにもほどがある。

しかし、逆にいろいろ知っていたら、絶対に引き受けなかっただろう。

その後の人生が大きく変わっていくほどの重責がここで待ち受けているとは、この時は知る由もなかった。

まずは先輩にご挨拶@新宿二丁目

どうすればこの東京レインボーウィークに、より多くの人に参加してもらえるのか？

まずはLGBTの活動を行うさまざまな団体にバランスよく声をかけた上で、実行委員会を設立。その上で、さらに参加団体を募る際には、教育、エンターテインメント、居場所作りなど、ダイレクトにLGBTへの支援・啓蒙活動を行う団体だけでなく、まったくこれまで接点のなかった企業、メディア、自治体にも積極的にお声掛けをしていくことにした。

実行委員会での話し合いと並行して行ったのは、ご挨拶まわり。はじめに僕たちが訪れたのは、アジア一とも言われるLGBTタウン・新宿二丁目だ。NPOのような活動とはまた違うが、ある意味で日々の営業は活動以上の活動とも言えるだろう。また、多くの当事者がこの街に助けられ、勇気をもらってきた。新宿二丁目はLGBTコミュニティにとってなくてはならない大切な場所であり、活動をするからには、ここで生きている人たちを避けて通ることはできなかった。

学生時代、フェンシングの日本代表だった僕は、小中高大学と根っから体育会系。「パイセンにはまず挨拶っしょ!」というつものノリで、まずは新宿2丁目振興会にご挨拶に伺《うかが》った。

最初に足を運んだのは、新宿2丁目振興会の会長（当時）・トシさんのゲイバー「Base」。僕とゴンちゃんはお店にお邪魔して、お酒を飲みながら、「僕たち今度こんな企画を考えているので是非ご協力お願いします!」と意気揚々とレインボーウィークのプランを話しはじめた。すると……。

「新しい企画はいいんだけど、君たち、これまでパレードがどれだけ二丁目に迷惑かけてきたか知ってるの?」

「えっ⁉」

てっきり「頑張んなさいよ〜」とでも応援してもらえるかと思っていただけに、いきなりのネガティブな反応は予想外だった。

「以前も君たちみたいに『パレードやるのでお願いします!』って挨拶に来たの。でも結局やるって言いながら開催は中止になって、でも何の説明もないままだからお客さんに事情を聞かれてもわからなくて答えようもないし、本当に困ったんだよね。当時はパレードと二丁目で開催するお祭りを連動してやっていたから、2丁目振興会だけじゃなくて、お客さんたちもいろいろ協力してくれてたのに……あの時は本当に迷惑したよ」

決して怒っているわけでもないし、嫌味を言われているというわけでもない。しかし、トシさんの表情は厳しかった。僕らが取り組もうとしていることは思っていたほど単純ではないことだけは、すぐに理解できた。

本来なら協力を求めたいところだけれど、今はそのタイミングじゃない。

勉強不足も露呈してしまった。僕とゴンちゃんは、〝今年は挨拶だけにして、一度様子を見てもらおう〟と瞬時に考えを切り替え、テンションを修正した。

「何も知らずに今日はいきなり来てしまって大変失礼いたしました！　まず今年は僕たちだけでできるところまで頑張ってみますので、もしいいなと思っていただけたら来年改めてご相談させてください！」

「もちろんそれなら大丈夫だよ。わからないことがあれば聞いてもらえれば答えられることはあると思うし。まずは頑張ってね」

「はい！　ありがとうございます！」


新宿二丁目にはゲイバーをはじめLGBTQ関連のお店が約400軒あると言われている。いきなりすべての店には行けないので、まずはそのうち新宿2丁目振興会に加盟しているお店、約150軒に挨拶へ行こうと決めた。

営業中ではご迷惑になってしまうので、お店に行くのは開店前後か終了間際、自分の店の営業もあるから行ける時間は限られている。僕とゴンちゃんはポスターやチラシを入れた紙袋を抱え、何日もかけて一軒一軒のドアをノックし、イベントの趣旨を説明して回った。

一軒ずつなんて、そこまでしなくてもいいんじゃない？　という声もあったが、僕は今でもやってよかったな、と思っている。僕自身、「挨拶がないとかそんな小さなことで怒るなんてくだらない……」と考える方ではあったが、よくよく考えてみると、そんな小さなことすらできなければ、人との関係性など築けるわけがないのだ。

一軒ずつ回るのは大変だったが、その分楽しくもあり、毎回扉を開けるのはドキドキだった。二丁目にあるお店の約8割がゲイバーで、残りの2割がレズビアンバーとミックスバーという感じだろうか。僕は二丁目のお店には行ったことはあったものの、実際にお邪魔したことのあるお店は数軒だけだったので、扉を開けるたびに、こんな店もあるんだ！　あんなママもいるんだ！と、ある意味では社会科見学のような楽しさがあったからだ。

「お店の営業があるからなかなか行けないけど頑張ってね！　ポスター貼っておくわ！」と友好的に受け入れてくれるお店もあれば、「は？　パレード？　うちは関係ないから」と、迷惑そうに追い返されることもあった。「なんなら一杯飲んでいきなさいよ〜」とお誘いいただければ、断ることもできず、グビッと一気に飲み干し、会計を済ませ次の店に行く。

「え？　あんたオナベ（＊）ちゃんなの？　ヒゲすごいじゃなーい！」

「これでも昔は女子高生やってました（笑）。今度改めて飲みに来させていただきますね！」

こんな感じで一軒、また一軒とご挨拶をしてまわった。

それから昼間は昼間で企業・自治体・メディア・政治家など、ＬＧＢＴに興味を持ってくださる方がいれば、どこでも飛んで行って話をした。

ちょうどこの前年、ゴンちゃんも関わっていた電通総研による調査が行われ、ＬＧＢＴ層に該当する人は人口の5・2％ほどいる、という結果が出たタイミングだった。またその流れから、ファッション誌や経済誌でもＬＧＢＴに関する特集が組まれ表紙を飾るなど、徐々に注目を集めはじめていた。「Ｂａｒ緑」のお客様からも「フミノくん、今度うちの会社にもＬＧＢＴの話をしに来てよ！」と誘われることもあったし、逆に昼間にお会いした方がもっと話を聞きたいと「緑」まで遊びに来てくださることもあった。

とにかくこの頃は、新宿二丁目から霞が関まで、24時間人に会って会って会いまくり、ひとり、またひとりと仲間の輪を広げていった。

（＊）余談になるが、「オナベ」や「ニューハーフ」という言葉、これは水商売で使う〝職業〟の名前であって、トランスジェンダーとイコール、というわけではない。ときにネガティブなイメージで使われることのある言葉なので、使用するときには注意が必要だ。僕も飲んでる席だったりすると、自分のことを「オナベでーす♪」などと言うこともあるし、「私たちオカマよ〜」というおねぇさんがいるのも現実だ。しかし、これは例えるなら「うちのバカ息子が」とは言っても「おたくのバカ息子が」とは言わないように、自虐と他虐は全然違う話。こういった言葉を使う際には、是非気をつけてほしい。

正義の反対は正義である

第１回の実行委員会のミーティングから約４カ月後、がむしゃらに準備をして迎えた２０１３年４月末。

東京都渋谷区にある代々木公園イベント広場＆野外ステージで開かれる「東京レインボープライド２０１３」、そこに合わせてのイベント週間「Tokyo Rainbow Week 2013」がいよいよ始まった。

初日に行われたパレードには約２１００人が参加。

その後、ゴールデンウィークの10日間のレインボーウィーク期間中には、トークショーや映画上映、スポーツイベントなど全23イベントが行われ、パレードと合わせて約1万２０００人を動員。前年の参加者を２・５倍以上も上回り、はたから見れば大成功！

……ではあったのだが、実際には、さまざまな批判を受けることになった。

ＴＲＷをやるにあたって、僕たちが戦略的に考えていたのは、どこをターゲットにするのか、そして、どうやってアプローチするのか、このふたつだった。

イベントの目的はＬＧＢＴの当事者を可視化することであり、社会の理解を深め、ＬＧＢＴを含む全ての人が暮らしやすい社会をつくること。そう考えると、どこにターゲットを置くのが一番効果的かといえば、答えは明白。仮にＬＧＢＴの人口が５％だったとして、ターゲットにすべきはこの５％の当事者ではなく、知らない間にＬＧＢＴを差別的に扱ってしまっている95％の非当事者だった。95％の意識が変わらなければ社会は変わらない。当事者のエンパワーメント（力をつけること）はもちろん、この95％の非当事者にこそイベントに足を運んでもらい、ＬＧＢＴの存在を身近に感じてもらうことが大事だと考えた。

もうひとつは、どうやってアプローチするか、だった。

これは「伝える」ことよりも「伝わる」ことを一番に考えた。

例えばなのだが、ビッシリと字が詰まったスライドでプレゼンする方を思い浮かべてみてほしい。その「伝えたい！」という熱い思いはわかるんだけど、そんなにビッシリじゃ読めないし、何を言いたいか全然わからないんだけど……そんな場面に出くわしたことはないだろうか？

僕たちにも、みんなに伝えたい熱い熱い思いはあったが、どれだけ一生懸命やっても、結局伝わらなければ意味がないし、単なる自己満足で終わってしまう。興味関心がない人にも、しっかりと伝わるコミュニケーションをするよう心がけた。

具体的にはそれまでほとんど手弁当で作っていたポスターやチラシ、横断幕などの制作物を、ゴンちゃんの電通の先輩であるプロのコピーライターやデザイナーさんに無償でご協力をお願いし、よりキャッチーで見やすいものにした。よりポップに明るくすることで、誰もが親しみやすく、思わず参加したくなるような雰囲気を前面に出していった。

もちろんこれまでの活動の積み重ねや社会の流れなど、さまざまな要因があってこそなのだが、2013年のTRPの参加者が圧倒的に増えたのは、このふたつの戦略が功を奏したところが大きいだろう。

しかし、このふたつこそが、大きな批判の対象となった。

しかもその批判を、誰よりもLGBTの当事者からいただいてしまったのだ。

「ポップに！　だなんて、当事者の現実がまったくわかっていない！」

「オシャレだなんて、馬鹿にするな！　当事者の思いを置いてきぼりにして何のためのプライドなんだ！」

「今まで散々酷《ひど》い目にあってきたのに、急にLGBT市場だなんて……金になりそうと思ったら急に企業が手のひら返してきやがって、ふざけるな！」

「僕たちの大事なレインボーフラッグに、企業ロゴを入れるなんて許せない！」

自分もセクシュアルマイノリティのいち当事者として、それなりに痛みはわかっているつもりだった。

しかし、現実は僕が考えていた何倍、いや何十倍もその痛みや傷を抱えている人がいて、そこには「闇」とも言える根深い問題があることに気づかされた。

もちろん、「楽しくハッピーに！」なんて言っていられない現実があることは百も承知の上での作戦だった。そこは覚悟はしていた。でも、だからと言って伝わらなければ意味がない。自己満足を目的にしてしまっては社会は変わらない。拳を掲げ「我らに人権を‼」といったシリアスな活動ももちろん大事なのだが、辛い、苦しいとしかめっ面しているだけでは、余計に当事者と非当事者が分断されてしまうだけではないか……。

さらに、こんな声もあった。

「フミノやゴンは当事者を食い物にして金儲《もう》けしようとしているに違いない！」

うーん……。

僕たちの活動は当時、完全なるボランティアだった。むしろ予算がない分、ご飯をおごるからと誰かに協力のお願いをしていたし、ご挨拶のため二丁目のお店にシャンパンを開けに行くのだって自腹だったからどんどんお金が飛んでいった。儲けどころか完全にマイナスだった。

だからこそ、僕はどんなに活動が忙しくなっても毎晩自分の店に立ち、６００円のハイボールを１杯でも多く売ろうと休まず働いていた。

でも、当事者のためにと思って一生懸命やったことが、一番当事者を傷つけ、そして批判されてしまう。これはなかなか辛いものがあり、心身ともに削られる思いだった。

内側からの批判は、これだけではなかった。

華やかなドラァグクイーンが目立てば、「ＬＧＢＴがみんなオネエみたいに思われたら困る」と批判があがり、少し控えめな演出をすれば「ドラァグクイーンの活動にリスペクトがない」と怒られる。ＬＧＢＴという言葉によって可視化されたことで喜ぶ人もいれば、この言葉によって逆に特別視されるのが困る、という人もいるのだ。

「だれでもトイレ」の標識にレインボーが配色されれば、自分の存在が認められたと喜ぶ当事者もいれば、それでは余計に行きづらくなると怒り出す当事者もいた。

いつだって正義の反対は正義だった。

「正義」という言葉自体、さまざまな解釈がある難しい言葉なのだが、ここでは自分が正しいと信じていること、とでも言おうか。

正義の反対が悪なら話は早くて、正義が悪を倒せばいい。しかし、そうではない。どこにも悪（気）はないのだ。対立する意見のどちら側と話をしても、目指すゴールはＬＧＢＴを含む全ての人が安心して暮らせる社会の実現ということに変わりない。しかし、それぞれの立場から考える正しさと正しさがぶつかって、当事者同士で揉め事がおきてしまう。それぞれに思いが強いからなおさらだ。そして、結果的にはお互いの足を引っ張りあってしまい、なかなか運動が前に進まない。ひとつひとつの意見に真摯に向き合おうとすればするほど、複雑に絡み合った糸の塊の大きさに気づき、こんなにまでもつれてしまった糸をほどくのは不可能としか思えなかった。

しかし、である。

はじめたからには、こんなことで歩みを止めるわけにはいかない。

批判的な意見があがれば、できる限り以上にこちらから足を運び、顔を見て対話を繰り返した。とにかくみんな怒っていた。

僕はひたすら謝った。

しかし、話をじっくり聞きつづけているうちに、それぞれの事情がより詳細に見えてきた。大抵その怒りは、運営方法や自分たちの見え方に対するものではなく、社会に対する行き場のない怒りだった。そして、運営方法に対する不満はあくまでもきっかけであり、本質ではなかった。

多くの当事者が家族に受け入れられず、学校でいじめられ、会社でバレることを恐れ、友人を自死で失くしている。だからこそ、この年に一度のTRPにかける想いは強く大きいのだ。全国からさまざまな想いをもって集まる、みんなのレインボープライド。そこにはひとりひとりのプライドをかけた戦いがあった。

ひとりひとり違うのだから、プライド同士が衝突するのは当然だった。僕はとにかく、ひとりずつ膝を突き合わせてじっくり話をすることを心がけた。

翌2014年の開催では、パレードには3000人、レインボーウィーク全体では1万5000人の人に参加いただいた。規模は徐々に大きくなっていく分、関わる人たちのプライドもより多種多様となっていく。調整、交渉事ばかりがどんどんと増えていった。

行けるときに、行けるところまで行きなさい

そんな中、2014年の秋、アメリカ・サンフランシスコで現地のプライドパレード運営の主要人物のひとり、ティタ・アイダさんにお話を伺う機会をいただいた。

サンフランシスコといえば世界で最もLGBTQフレンドリーな都市のひとつ。プライドパレードには毎年世界中から100万人規模の人々が訪れると言われている。こっちとしては、たった数千人のパレードをやるのもこんなに大変なのに、100万人規模のパレード運営なんて、その大変さは想像もつかない。

僕はお会いして早々、ここぞとばかりにいろいろな質問をティタさんにぶつけてみた。

「プライドパレードを運営するうえで最も大切にされていることは何ですか？」

彼女は迷わず答えた。

「とにかく人に会うこと。会って話すこと。メール一本で済んでしまうことだとしても、とにかく会って話すことが重要よ。そしていい意見はもちろん、嫌な意見も含めてちゃんと取り入れて仲間を増やしていくことよ」

100万人規模であっても、そこのポイントは一緒なんだ！

僕はちょうどその頃、毎日のように人に会いすぎて、少し疲れを感じはじめていた。

「何もわからないまま、ただがむしゃらに人に会う。こんなんで本当にいいのかな……」――。

そう思っていた僕は、自分のやっていることが間違いではなかった、とティタさんに励まされ

たような気がして、少し気持ちが楽になった。

「でも、いろんな意見がありますよね？　綺麗事《きれいごと》ではなく、お金がなければ大きなイベントはできない、でもスポンサーの金額が大きくなってくるとパレードが商業化してしまいがちで、本質が見えづらくなるという側面もあります。そのような賛否に対してはどう対応するのがいいと思いますか？」

「行けるときに行けるところまで行くことよ。細かいことは後からちゃんと修正すればいいから」

行けるときに、行けるところまで行けばいい。

なるほど！

確かにいきなり全員が満足することはできないかもしれない。でも全体を良くすることはできる。そのためにも、勢いがある時に、行けるところまで行くのは大切なのかもしれない。

他にもいろいろなお話を聞かせていただいたのだが、この時のティタさんのお話は、その後のパレード運営に携わる上で大きな参考になった。

イベントが大きくなってきた今も、変わらず当事者との対話を大事にしているのは、この時のお話が大きい。

ちなみにティタさんとお会いする貴重な機会をアレンジしてくれたのは、ライフガードで有名な飲料会社、チェリオコーポレーション社長の菅《かん》大介さんだ。

彼とは学生時代に友人の紹介で知り合ってはいたが、特に仲が良いというわけではなかった。

しかし、スポンサーの獲得がなかなかうまくいかず頭を抱えていた僕は「どこかパレードをスポンサードしてくれる企業さん、いないかなぁ……そうだ！　菅さんに連絡してみよう！」と、ライフガードのパッケージがカラフルだという思いつきだけで、電話をしたのがきっかけだった。2013年末のことだ。

「久しぶりのご連絡がお願いごとで恐縮なんですけど、LGBTの活動を少し応援してもらえませんか？」

そんな不躾なお願いに、菅さんはふたつ返事で快諾してくれたのだ。

学生時代にサンフランシスコに住んでいた経験もある彼は、実は以前からLGBTの活動をサポートしたいと思い、社内で提案したこともあったそうだ。しかし、当時はまだ社内に全く理解がなく断念。いつかはやりたい、という思いを持っていたそうだ。まだパレードのスポンサーといえば当時は外資系企業ばかりの中、「日本のプライドは日本の企業がしっかり応援しなくちゃ！」と、力を貸してくださったのだ。

そして2014年から今まで、チェリオさんはパレードのメインスポンサーとしてこの活動を応援してくださっている。

パレードの規模が大きくなると共に、毎年協賛費用も上がっていく。年々無理なお願いが増えたのだが、菅さんはいつでも「よし！　やろう！」としか言わなかった。

多様性＝ダイバーシティについての企業のKPI（重要業績評価指標）の設定は非常に難しい。たとえば「女性活躍」であれば、会社で女性の役員を何パーセントにする、といった外からでもわかる目標値は設定しやすいけれど、「多様性の実現」についていえば、「社内の何パーセントがカミングアウトしたら成功」というわけにはいかないのだ。

また、パレードに協賛したことで、企業の売り上げにどう貢献できたかも測定は難しい。もしもチェリオさんから数値目標などスポンサードするための条件を求められたら、こんなによい関係は築けなかっただろうし、なにか数値目標があったら、逆に無理をしてＴＲＰが変な方向に向いてしまったかもしれない。

僕は、毎年パレードが終わると菅さんに挨拶に行き、来年度のパレードにかける思いを語る。その話を聞いた菅さんが「いいね！　やろうよ！」と、僕たちの想いに共感し尊重してくれる。そのことが何よりもありがたく、嬉しかった。

誰を欠いても今のＴＲＰはないが、菅さんは、そんな中でも特に重要なキーパーソンのひとりだ。ＴＲＰをきっかけに公私共に仲良くなった菅さんは、今では同志という感覚。同い年の彼にはただ協力のお願いをするだけではなく、ご協力いただいた分以上の結果を出し期待に応えたい、これからも切磋《せっさ》琢磨《たくま》していきたい、という気持ちが僕の大きなモチベーションにもなっている。

大きくなればなるほど

東京レインボープライド（ＴＲＰ）について、もう少し触れておこう。

２０１５年の時点で、パレードの運営自体は『東京レインボープライド』が、フェスティバルウィーク全体の運営は『東京レインボーウィーク』が行っていた。しかし、ふたつの任意団体が関わることで非効率な部分が多かったため、団体をひとつにまとめ法人化することにした。そして、ＴＲＰの代表だった山縣《やまがた》真矢さんとＴＲＷの代表だった僕が共同代表となって、２０１５年

8月『NPO法人東京レインボープライド』が設立されたのだ。

運営体制としては、パレード部門、物販部門、ボランティア統括部門、営業局、広報局、エンタメ局、などなど、イベントを構成する各セクションの責任者約15名がコアとなって方向性を決めていく。各部門の運営委員が合計約40名、当日のボランティアを合わせれば全部で500名ほどのチームで運営を行っている。今でこそ少しは組織としての体制が整ってきたが、ここまでくるにはかなり厳しい道のりだった。

組織としての成長が、LGBTQムーブメントの拡大にまったく追いつけていなかったのだ。第4章で触れる渋谷区の同性パートナーシップ条例の制定をはじめ、さまざまな社会状況が後押ししたこともあり、2012年に約5000名だった参加者は2019年に20万人を超えるほどの盛況ぶり。たった7年で40倍に拡大というスピードは世界的にも珍しく、はたから見ると大成功しているように見えたのだが、舞台裏は常にトラブルだらけだった。

理由はいくつかあった。

多様性を大事に！　と言うのは簡単だが、多様な人々の多様な意見は多様すぎてまとまらないという現実。参加者も運営も関わる人数が増え、増えた分だけ意見も多様化する中、全ての意見を尊重しながらひとつの形にしていくのは困難の連続だった。

また、スポンサーが増えてきたとはいえ、ちゃんとした人件費を払うほどの余裕はない。交通費がやっと出るか出ないかくらいで、基本的には全てのメンバーが本業を別に持ちながらボランティアで運営に携わっていた。「代表」でも肩書きがなくてもフラットな関係、といえば聞こえはいいが、良くも悪くも雇用関係がないため金銭で割り切ることができない。規模の拡大と共にそれぞれの業務量が倍増する中、「想い」だけで運営を続けるのは限界がある。

「レインボーなんて言っても、運営はブラックじゃないか！」

返す言葉がなかった。関わるメンバーのほとんどが常に心身ともにギリギリの状態だった。意見が合わず途中で辞める人、頑張りすぎて体調を壊してしまう人、急に連絡が取れなくなり音信不通のまま今はどうしているかわからないメンバーも少なくない。今でも胸が痛むことがある。


ＮＰＯ法人化をするタイミングで、今一度、原点を見つめ直した。

ＴＲＰは、いったいどんな場所を目指せばいいのか？

メンバーで話し合った結果、プラットフォームとしての役割をしっかり担っていこうということになった。

ＴＲＰ自体が何かをするというよりも、すでに全国各地で行われている個人・団体のさまざまな活動をさらに後押しできるよう、年に一度みんなで集まって、大きな声で社会にアピールする場をつくること。そのためにもどこかに偏ることなく、公共性と公平性を大事にすること。ＴＲＰの活動の軸を、改めてそこに置くことにした。

そしてこの団体を継続して運営していくためにも、行き当たりばったりの自転車操業的運営から卒業し、組織としての基盤を強化することに力を注いだ。

ティタさんの言葉を思い出しながら、参加者や運営メンバーをはじめとする全ての関係者との対話を繰り返した。

僕なりのリーダーシップ論

今でも、自分がこの団体の代表でいいのか不安もあるし、いつだって手探りで進んでいる。圧倒的な知識とパワーでみんなをぐいぐい引っ張っていく、そんな力強いリーダー像に、憧れのような気持ちもある。でも、僕はそうはなれないだろう。

ただ、ゴンちゃんに言われたように、僕はどちらかといえば八方美人。「調整型リーダー」ということであれば、自分には向いているなと思うこともある。良くも悪くも、僕にはあまりこだわりというか、強い意志というものがない。「誰もが、安心して安全に暮らせる社会にしたい」という普遍的な目標はあるが、そのために「絶対こうしたい！」「こうあるべきだ！」というのはあまりないのだ。

多様化が進む現代社会では無数の意見と選択肢がある。

たとえばそこにA～Zまでの意見があれば、僕は毎回、その全ての言い分を可能な限りフラットな気持ちで聞くように努めている。そのうえで、

「では今回はAのここと、Bのこれと、Cには悪いけど今回だけはちょっとだけ我慢してもらって、DとEの意見の人には……」

こうやって、すべての意見を調整しながら物事を進めていくイメージ。

たとえば選択肢がAとB、あってもCくらいまでだったころは「BもCも知らん！　Aで行くぞ！」とグイグイ引っ張っていくこともできたと思うが、考え方が多様化してAからZ以上に

選択肢がある現代では「Aで行くぞ!」と言っても、力はあちこちに分散してしまい、なかなか前には進まない。

そういう意味では、プライドという多様性のかたまりのような組織のリーダーとしては、僕のやり方でちょうどいいのかもしれない。

また、対話を繰り返すことと同じくらい大事にしているのが、「理想と現実」の見極めと、課題との向き合い方だ。

まず、理想と現実について。

僕は「理想的な120点を目指して一歩も進まないくらいなら、60点、いや30点でもいいから、現実的にほんの少しでも前に進もう」と考えるようになった。

一部の誰かが120点で大満足していても、一方ではマイナス120点で悲しんでいる人がいる、そんな状況を生み出さないことを心がけている。

課題との向き合い方についても、僕はいつも自分に、こう問いかけている。

その課題を解決したいのか?

それとも、「僕が」解決したいのか?

このふたつは、似て非なるものだ。

社会活動の多くは、自分が何かしらのマイノリティとして辛い経験をし、この課題を解決したい! という思いからスタートすることが多い。しかし、時間もお金もエネルギーも費やしているうちに、いつしか社会課題の解決よりも、自分が課題解決に関わることに重きを置いてしまうことがある。無意識のうちに、課題解決に関わることで自分の傷を癒し、自己肯定感を高めることが目的になってしまっているのだ。僕も含め、多かれ少なかれそういった側面があるのが現実だろう。

もし課題が解決できるのなら、自分じゃなくても他の誰かが解決してくれればいい。でも、自分が主体となって解決することが優先されてしまうと、自分よりもいいアイディアや実行力を持つ人が現れたときに、協力するどころか、むしろ手柄を取られまいとして、その人の足を引っ張ってしまうかもしれない。これでは本末転倒なのだが、ときにそういう感情に引っ張られてしまうのが人間の性《さが》でもある。

一度、飲み会の席でこの話をしたら、サッカーをやっていた友人が、「それ、めちゃわかる！チームを勝たせようって言ってるのに、やっぱり『俺のシュートでチームを勝たせたい』が優先しちゃっていいパスが出せない。だから結局チームも勝てないなんてことよくあるもんな」と。続いて隣にいた友人が「わかるわかる！　会社を成功させたいんじゃなくて、『俺の手柄で成功させたい』が優先する上司で、部下のモチベーションガタ落ちなんてことよくあるよなー」と。

なるほど、と思った。ジャンルは違っても、いろんなことに通じる真理なのかもしれない。

大事なのはどんな時でも目的を見失わないこと。

少しくどい話になったが、僕は日々こんなふうに頭の中を整理し、自分を戒めながら、活動に取り組んでいる。

VIP対応

2016年の開催時には、キャロライン・ケネディ駐日米国大使（当時）が急遽会場にいらっしゃることになり、米国大使館や警視庁から、毎日のように電話がかかってきた。不特定多数が多く集まる会場で、要人のセキュリティを確保するのは予想以上に大変で、僕もキャロラインさんほどのＶＩＰ対応を行うのは初めてのことだった。

「大使の動線確認の件ですが、ステージ裏の車寄せから入り口まで何歩くらいですか？」

何歩かって聞かれても、股下の長さでも違うし……（苦笑）。でも、彼女クラスになると、それほど細かい確認が必要なのか。

「すぐに確認して折り返させていただきます！」

電話を切ると、またすぐに電話が鳴った。今度はドラァグクイーンのねーさんからだった。

「あんた〜、今年のアタシの立ち位置、ちょっと違くない？」

おっとっと……。立ち位置かぁ……うーん、困ったな。あっちの顔もこっちの顔も立てなければいけないし……。

「ですよねー（苦笑）。大変失礼しました！　すぐに調整してみますので、ちょっとだけお時間いただけますか？」

「あんたが大変なのもわかるんだけどさ、そこんとこ頼んだわよ〜！」

パレードの直前になるといつもこんな感じだった。関わる方が増えれば増えるほど各所との調整が増え、頭の中でパズルのようにあれやこれやと落とし所を見つけていく。気が狂いそうになるほど電話が鳴り続け、頭はパンク寸前なほどパンパンになるのだが、それを乗り越えて当日を迎えると、会場は無数の笑顔で溢れている。それを目にした瞬間、一気に疲れは吹き飛び、また来年に向けて頑張ろうという気持ちになる。この感覚は「中毒」という言葉に近いかもしれない。

僕だけでなく、パレードの運営に関わる仲間たちは少なからず同じような感覚だろう。

会場にはＬＧＢＴＱコミュニティ、企業、大使館、飲食ブースなど２００を超えるテントが立ち並び、ステージ上ではアーティストによる華やかなパフォーマンスが行われ、昨今はメディアの取材もかなりの数にのぼる。

そして年に一度、この日を心待ちにしてくれている全国の方々が、会場に集結する。

「まだ地元ではカミングアウトできていないけど、1年に1回ここで元気をもらえるから、また来年まで頑張ろうって思えるんです！」

と、毎年ここで顔を合わせる仲間と、お互いの生存確認をするかのように来場する人。ドキドキしながら、初めて親御さんを連れて来る人もいれば連れられてくる子もいる。

「うちの子が当事者かどうかはわからないけど、学校では教えてくれないから早い時期からちゃんと伝えておきたくて」

と、家族連れで毎年楽しみに訪れてくれる方もいれば、単純に楽しいからという理由だけで遊びに来てくれる人たち。

みんながそれぞれの思いを胸に、全国各地からはるばる会場へと足を運んでくれているのだ。

この会場に来たくてもまだ来れない人や、もう二度と来ることができなくなってしまった仲間たちのことを思うと、感傷に浸りそうになるけれど、そうも言ってられない。

現実はインカムからの連絡がガンガン入ってくるので、それどころではないのだ。

「あそこのブースの備品が納品されていません」

「風で裏の看板が倒れました」

「トイレが壊れて長蛇の列になってます」

「ステージの進行が押してるんで調整してください」

「ボランティアスタッフのお弁当がまだ届かないんですけど、どうしたらいいですか？」

「音がうるさいと公園側に苦情が入ったみたいです」

「受付テントに迷子の子がいます！」……。

　ＴＲＰ当日のインカムのやりとりを録音したらかなり面白いのではないか、と思うくらい、実にさまざまなことが起きる。特にパレード出発前後は来場者数がピークに達し、やりとりはさらにカオスになる。パレードの先頭を歩く僕と山縣さんは、

「あっちもこっちも揉めてるみたいですね。会場に戻ったら手分けして謝りに行きましょう」

「では、僕はあっち側の様子見にいってくるよ。フミノくんはもうひとつのほうお願いね」

　多くの取材陣に笑顔で手を振りながら、そんな夢のないやりとりを交わしているのが現実だ。


　たった数年前までは人が集まらなかったらどうしよう、と心配していたのに、今では毎年来場者が多すぎて、事故が起きないかどうかを心配している。まさに嬉しい悲鳴だ。

　キャロライン・ケネディ大使ともうひとり、印象深かったのは２０１８年、歌手の浜崎あゆみさんにご出演いただいたときのこと。予想をはるかに超える来場者で会場がパンクしそうになり、無事に終わるまで生きた心地がしないほどハラハラした。もちろんそのために警備も含めて万全の準備をするのだが、ライブ直前はもうコントロール不能なほどの来場者が代々木公園を取り囲

んだ。

「誰か～！　手あいている人は飲食ブース前で誘導手伝って！」

みるみるうちに人だかりとなり、あわててインカムでヘルプを呼びかける。

「行きたいんだけど、人が多すぎてそこまでたどりつけませーん！」

「なんとか無理やりでも早く！　お願い！　このままだとテント倒れちゃうよ！　助けて～」

会場が公園という性質上、入場者制限は難しい。無料イベントなので、当日になってみないとどのくらい人数が来るのかわからないのだ。浜崎さんのときだけは、特別にステージ前の部分に規制をかけ、事前に抽選という形で入れる人数を制限していたのだが、僕たちも初の試みでオペレーションが万全ではなかった。当日のボランティアスタッフだけではもう対応は不可能と判断し、運営に関わる主要メンバー総出でステージ前の対応にあたっていたが、それでも勢いは収まらず、押し寄せたファンの方たちとトラブルになってしまった。

「なんであいつが入れて俺が入れねーんだよ！」

「ここのエリアは事前に抽選を行って、当選した方だけが入れるようになってまして」

「んなこと言ったって、今あいつがズルして横から入っていったじゃねーか！」

「す、すみません……」

「責任者呼んでこい!!」

「本当にすみません……責任者にはちゃんと伝えますので……」

僕は胸ぐらを摑まれながら、まさか自分が責任者とは言い出せないまま、なんとかその場をおさめていく……。

そしていよいよお待ちかね、パワフルな浜崎さんの素晴らしいパフォーマンスが始まった。正直に言えば、代々木公園のステージは、そのスペースや機材など準備できる環境が物理的に限られており、浜崎さんクラスのアーティストをお迎えするには申し訳ない状況だ。しかし、浜崎さんはそれも知った上で出演をご快諾してくださったのだ。それだけＬＧＢＴＱコミュニティを応援したいというご自身の強い思いがあった。曲間のＭＣでは、「デビュー後にいろいろ辛かったとき、いつも支えてくれたのは新宿二丁目のママたちだった」と、ご自身の経験も交えた心のこもったエピソードも話してくださって、舞台袖で聞いていた僕も思わずうるっとしてしまった。

あゆ様の登場は多くのメディアに取りあげられ、話題になった。

案の定、「ＬＧＢＴＱのことなんか何も知らない、ただのあゆファンが会場に押し寄せて、とんだ迷惑だ！」などという批判の声もあがった。

でも、彼女が来てくれなければ、ＬＧＢＴＱのことなど知る機会もなかったかもしれない方々が、これだけ多く会場に足を運んでくれることなどなかっただろう。

このように毎年、多くの皆様にご協力いただき、またさまざまなトライアンドエラーを繰り返しながら、僕たちは一歩、また一歩と歩みを前に進めている。

コロナとＴＲＰ

そして、誰もが予想していなかった、２０２０年の春が来た。

１月、２月までの僕は、実に充実した日々を過ごしていた。

仕事面ではパレードの準備やお店の営業に加え、ますます増えた講演会のために全国を飛び回る日々。

プライベートでは、何と言っても子育てだろう。2018年末にパートナーとの間に授かった子どもはすくすく成長し、子育てライフを満喫していた。

家に帰れば愛する家族が待っている。あれだけ毎晩飲み歩いていた僕の帰宅時間は、劇的に早くなっていた。あぁ、僕はなんて幸せなのだろう。こんな未来が待っていたなんて。

……と、幸せの絶頂のタイミングで、突如この世の中に現れたのが新型コロナウイルスだった。他人事として見ていた武漢でのニュースは、たちまちパンデミックのニュースとなり、日本でも感染拡大。あっという間に、自分事となってしまった。

僕の生活も一変した。

講演会は軒並みキャンセル、店はクローズ。3月、4月の収入はほぼゼロとなり、経営する飲食店の家賃やスタッフへの支払いの資金繰りに頭を悩ませた。保育園に行けない1歳半の子どもを脇に抱えながら、融資申請の書類を作成する、そんな予想外の日々となってしまった。

そして、ゴールデンウィークに開催予定だった東京レインボープライドのパレード。年々規模が大きくなり、特に今年は「ダイバーシティ」をコンセプトのひとつに掲げた2020東京オリンピック・パラリンピックの開催に合わせ、あれもこれもと数年かけて多種多様な企画の準備を進めていたのに、まさかこんなことになるなんて……。

〈やる、やらない〉

〈やる、やらない……〉
〈やっぱりやろう！〉
〈いや、やっぱり無理だよ……〉

開催予定日は4月25日ということで、2月から3月にかけて、日に日に変わる情勢とにらめっこしながら、開催可否に関してああでもない、こうでもないと運営メンバーと話しては、心の中でも行ったり来たりを繰り返した。

とにかく、ギリギリまで開催に向けて全力で準備をしようと試みたが、情勢は悪くなる一方だった。

「やっぱり中止にしたほうがいいんじゃないの？」
「いや、こんなときだからこそやろうよ！」

メンバーみんなと、そして自分自身とも、この会話をどれだけ繰り返したかわからない。

全く先が見えない中で、どのような決断をすればいいのか？　ＮＰＯという性質もあり、ＴＲＰではいくら自分が代表だといっても、トップダウンで強権的に物事を決めたことは一度もない。また、「少数派の意見を大事に！」と言いながら多数決で物事を決めてしまっては本末転倒なため、単純な多数決だけで物事を決めないというスタンスも変わらず貫いていた。だから、これまでどんなに時間がかかっても、何か議題があればみんなが納得するまでとことん話し合って決めてきた。

こういったプロセスを丁寧に踏んでいくとスピード感が出ず、周囲からはもどかしく思われることも多々あったが、それでもこれまでのように一歩ずつ、ひとつずつ、しっかり丁寧に向き合って答えを出してきたからこそ今がある。

しかし、今回ばかりはどれだけ話しても答えが出ない。タイムリミットは刻々と迫ってくる。心臓をぎゅっと握り締められているような、そんな苦しい日々が続いた。

とはいえ、逃げるわけにはいかない。

とにかく今の自分にできることは何かを考え、できうる限りの情報収集をした。なるべく幅広く意見を聞くこと、偏った意見や感情に流されないよう、エビデンスや事実を元にドライに考えることと、ロジカルとエモーショナルのバランスを意識することを心がけた。

また、特にここ数年は国内外のさまざまなリーダーシッププログラムに参加させていただく機会もあり、各分野のリーダーの方との接点が増えていた。そこで、そういった方々の中でも特に僕が信頼しているリーダーが、このタイミングでどのような判断を下し、どう行動しているか、どんな情報を発信しているかなどを可能な限り見聞きした。

そこで見えてきたのは、有事においては「決めない」ということが何よりものリスクになる、ということだった。平時と有事でのリーダーシップは全く異なる。混沌とした状況下で「正解」を見つけようとしても見つかるはずがない。正解を選ぶのではなく、決めた答えを正解にする。もしその答えがずれていれば躊躇なく修正する。調整に時間がかかって何も決められないまま時が経ってしまう前に、とにかく「早く」決めることが大事だと理解した。

では決めるときに、何を一番大切にするか？

新型コロナウイルス感染症という初めて経験する過度なストレスで見失いかけていたが、とっちらかった頭を冷静に整理すれば、大切にすべきことは明確だった。

シンプルだが、自分たちの主張を無理やり通すことよりも、みんなのハッピーを優先することだった。

ＴＲＰ２０２０のテーマは、「Your Happiness is My Happiness～あなたの幸せは、私の幸せ～」だ。自分たちがイベントを中止にしたくないからと、周りに迷惑をかけてまで突き進むより、早い段階で中止を決めて、傷を最小限に抑えることがみんなにとって幸せなのではないか。ＴＲＰやＬＧＢＴＱコミュニティがこれまで社会と築きあげてきた信頼関係を何よりも大切にしよう。そう考えると、頭の中がクリアになっていった。

また現実的な金銭面の課題も大きかった。

初期のころには、新宿二丁目のゲイバーを一軒ずつ回って、一口数万円のスポンサー費用を募って開催してきたパレードも、今では大手企業にスポンサードしてもらい、年間予算は1億円を超えるまでになった。改めて細かなシミュレーションを行ったところ、開催するか、中止にするか、その判断が10日程度変わるだけで、損失額が数千万円単位で変わってくる試算が出た。スケジュールを考えると、この時期一気に制作物や発注が始まるので、キャンセルできないものが増えていくのだ。中止の決定が遅くなれば遅くなるほど僕たちだけではなく、ＴＲＰを応援してくださる皆さまにとっても同じく大きな負担をかけてしまうだろう。

そして何より懸念したのは、もしも強行開催して万が一のことがあれば、ＴＲＰだけでなく、「ＬＧＢＴＱのせいでコロナ感染が拡大した」といった属性による批判を受けかねず、取り返しがつかなくなってしまうことだった。

今後も継続的にパレードを開催していくためにも、今年は中止にしよう。

これまでのあらゆる経験を集約して決断し、予定よりも早い段階で決断し、中止の発表を行った。

#おうちでプライド

これほど大きな決断に責任をもったのは僕も初めての経験だった。決断するまではかなり苦しかったが、中止を発表すると、急に気持ちが楽になった。

そして、決めるまでが苦しすぎたからかもしれないが、自分自身、プツッと糸が切れてしまったような空白の2週間を過ごした。

4月の後半にもなれば、中止したことを後悔する程度には情勢が回復しているかもしれない……。中止の発表当初はそんな淡い期待もあったりして、20万人とまではいかなくても何らかの形でイベントができるのではないか？　なんて話もしていた。

でもご承知のとおり、そこから拍車をかけて状況は悪化の一途をたどり、イベントどころか来月の自分のことすら考えられない……そこからピタッとメンバー同士での連絡も止まってしまった。

例年、3月後半というのは少しスマホから離れただけで、あっという間に3ケタの未読ＬＩＮＥが溜まってしまうほど、関係者の連絡が飛び交う時期だ。

こんなにスマホが鳴らない年度末は初めてのことだった。

何か発信をしなくては、と考えようにも考えられない思考停止状態……。

しかし、ここで大きな励みとなったのは公私ともにいつもお世話になっている皆さんからの言葉だった。

「何かできることがあったら何でも言ってね」

「TRPが何かやるならどんな企画でも手伝います！　いや、やりましょう！」

多方面から寄せられたあたたかな言葉が、切れそうになった僕たちの糸を繋ぎ止めてくれた。

パレードは中止になってしまったけれど、絶対「何か」をやらなければ。

こんな時だからこそ、自分たちにできることがあるはずだと。

中止の発表後、初めてオンラインでミーティングを開いたのは4月に入ってからだった。

「何かやりたいよね。でもこの状況じゃ何もできないよね」

「オンラインでできることだけでも何かやろうよ」

「でも何したらいいんだろう……」

気持ちはあっても、何をしていいかは相変わらず見えず、進展がないまま、僕たちは4月7日を迎えた。緊急事態宣言の発令だ。

「あーあ、とうとう出ちゃったかぁ」

しかし、この緊急事態宣言によってオフライン（リアル）企画の可能性が絶たれたことで、逆に視界がクリアになった。毎年笑顔で埋め尽くされる代々木公園の会場のイメージから脱却できず、何を検討してもそのイメージに引きずられて新しいアイディアを生み出せていなかったのだ。

オンラインのみ、と決まれば答えはシンプル。TRPがこれまで毎年開催してきた通り、プライドパレード、フェスティバル、ウィークイベントの全てをオンライン化することにした。

的を絞ったことによって、逆に新しいアイディアが生まれ、一気にイメージが出来上がっていく。数日間でオンライン開催の大きな枠組みをつくり、約2週間で全てのコンテンツを作りあげた。TRPメンバーそれぞれのプロ意識の高さ、そしてチームワーク、底力が発揮された2週間だった。

そして、ありえないほど直前の無茶ぶりオファーにもかかわらず、多くの方にご協力いただいたおかげもあり、オンラインTRPは無事開催。2日間のトークライブとオンラインパレードには、なんと合計で約45万人の方にご参加いただき、大盛況となった。


ここまで追い込まれなかったら、オンラインでパレードなんて考えもしなかっただろう。

しかもオンライン開催にしたことで「東京までは行けないけど、オンラインだから参加できました！」「カミングアウトしていないので、会場まで行くのは不安だったけど、今回初めて参加できて嬉しかったです！」「病院のベッドから楽しませてもらいました！」などなど……全国、そして海外からもたくさんの方にご参加いただけたのは大きな収穫だった。

単純比較はできないが、昨年の参加者の倍以上の方々にメッセージを届けることができ、今後の可能性が一気に広がったように感じている。

今回、このコロナの土壇場で踏ん張れたのは、これまでの長い活動の積み重ねがあってこそのこと。改めて、先輩方への感謝の気持ちも深まった。

昨日より今日、今日より明日。

まだしばらくは苦しい状況が続くかもしれないが、今回の経験も大きな糧として、しっかりと今後に繋げていきたいと思っている。

LGBTQとスポーツ　東京2020

コロナ禍で、1年延期となってしまった東京2020オリンピック・パラリンピック。実は僕たちもこの大きなイベントに合わせ、いろいろなことを準備してきたのだが、それもまた延期となってしまった。

ここで、スポーツの世界におけるLGBTQの現在地について、自分の経験も含めて触れておきたい。


いまだ男社会が色濃いスポーツの世界で、自分のセクシュアリティについてカミングアウトするのは、いまだにハードルが高い。皆さんは日本のLGBTQの現役アスリートをご存知だろうか？　ほぼ誰も思いつかないだろう。それは決して「いない」のではなく、それほどまでに「言えない」という日本のスポーツ界の現状を表している。

僕は、フェンシング選手としての現役時代にカミングアウトを試みたが、信頼していたコーチに「お前、いい男に抱かれたことがないからそんなこと言ってるんだろ？　俺が抱いてやろうか?」と返されてしまった。やはりここに自分の居場所はない……そう感じて、最後は逃げるように引退してしまった。そのため、その後もなんとなくフェンシング界には顔を出しづらく、しばらくは試合会場にも足を運んでいなかった。たまたま仲間に声をかけられ、しばらくぶりに全日本選手権の会場に足を運んだのは、引退してから10年近く経ったころだった。

そわそわしながら会場内を歩いていると、早速見慣れた顔があった。一緒に代表として海外を転戦した先輩だ。

「おぅ杉山! 久しぶりじゃないか! 元気にしてたのか?」

「ご無沙汰してしまってすみません。なんとか元気にやってます」

「いやぁ、おまえ全然変わんないな! 変わったの、性別くらいだな!」

とサラリ。「性別くらいだな」って(苦笑)。

でも、そうやって僕の変化を茶化しつつも受け入れてくれていた。

現役時代は、選手仲間には絶対カミングアウトなんてできないと思っていたけれど、意外とそう思いすぎていたのかもしれない。あれだけ一緒に過ごして仲間と距離を置いてしまったのは、なんだかもったいなかったな、と反省した。

「フェンシング元女子日本代表」という肩書。

今ではありがたく、また非常に便利に使わせてもらっているのだが、実はこの肩書を使うたびに今でもちょっとした罪悪感がある。

何故なら、僕はそんなに強い選手ではなかったからだ。

なにしろ、ここ一番の勝負弱さはフェンシング界でも有名だったし、一本勝負で勝ったためしがない。なんとか日本代表になることはできたけど、代表といっても正式なナショナルチームに所属していたのはたったの1年間。僕よりはるかに活躍していた仲間をさしおいて、「元日本代表」という肩書で偉そうに人前で話す自分には、いつも負い目を感じている。

ただ、東京オリンピック・パラリンピックもあって、「スポーツとＬＧＢＴＱ」というテーマで話をする機会が増えていく中で、現役時代を改めて思い返して気づいたことがあった。

それは、「何故、僕はあそこまで勝負弱かったのだろうか？」ということだ。

小さいころから練習だけは真面目に積み重ねてきたので、ある程度のテクニックとそれに耐えられるだけの肉体は整っていたと思う。練習では自分より格上の選手とだって、そこそこの勝負ができた。ただ、いざ試合本番となると誰が見ても明らかなほどの精神的弱さが出て、勝負には勝てなかった。さまざまなメンタルトレーニングも試したが、結果的にはその弱さを乗り越えられなかった。

引退してから10年以上経った今でも、僕はその弱さをずっと自分のせいだと思い込んでいた。しかし社会における多様性＝ダイバーシティについて自分なりに学んでいく中で、ある言葉に出会い、ハッとさせられた。

心理的安全性（psychological safety）。

この言葉は、周囲の反応に怯《おび》えたり羞恥《しゅうち》心を感じることなく、自然体の自分をさらけ出すことのできる環境や雰囲気のことで、２０１５年にGoogle社が「心理的安全性は、成功するチームの構築に最も重要である」と発表したことで注目を集めた言葉だ。

要は、職場で心理的安全性が保たれていると、個人としても団体としてもパフォーマンスが発揮しやすいという話なのだが、ここで「職場」を「練習場」に置き換えて考えてみるとどうだろうか？　僕が選手だった時代、練習場や試合会場は果たしてどこまで心理的安全性が保たれていたのだろうか？

試合に負ければ、

「その程度でバテるなんて、おまえはオカマか！」

と、スタミナ切れした男子を野次るコーチとそれを笑う選手たち。

「男っぽいのは見た目だけか？　ここ一番に弱いなんて、そういうとこだけ女の子が出ちゃうんだな」

時代もあったのだと思うけど、ジェンダーやセクシュアリティをネタとしたこんな会話は日常茶飯事だった。

そのような状況の中で、「僕」と思いながら「女子の部」に出ている自分には常に罪悪感があったし、汗に濡れたTシャツが体にはり付く事で、胸の膨らみがまわりの仲間にどう見られているかばかりが気になった。

つまり、今思い返してみれば選手時代の僕は、常に何かに怯え、自分のセクシュアリティがバレないようにしなければ、と必死だったのだ。

そんな環境の中で競技に集中できていなかったのは、明らかだった。

また、ここ一番の勝負のときに必要なのは、「己を信じる力」ではないだろうか。一番苦しい場面で頼れるのは自分だけ、最後はどれだけ自分を信じることができるか、だ。

ところが、常に自分が普通じゃない、つまりはいけない存在だと責めていた僕には、自己肯定感がなく、自信が圧倒的に欠落していたように思う。

もしも僕に、しっかりとフェンシングに集中できる環境があったら、今ごろはきっと……たればの話をしても仕方ないのはわかっているが、そんなことをどうしても考えてしまう。もちろん人はそれぞれにいろいろな課題を抱えているし、そういった困難を乗り越えて活躍するアスリートは沢山いる。ここまで書いてきた僕なりの自己分析も、「それってどこまでいっても言い訳だよね」と言われれば、それまでだ。

それに、そもそも僕のメンタルが弱すぎただけかもしれない。でも……。


勘違いしてほしくないのは、今でも僕はフェンシングが好きだし、フェンシング仲間も大好きだということ。もう10年以上前の話を掘り返して、ただ文句を言いたいわけではない。引退してから10年以上経った今だからこそ、あらゆる経験を総合的に活かして、フェンシング界やスポーツ界に貢献できたら、と考えている。

延期にはなってしまったが、２０２０東京オリンピックは、ＬＧＢＴＱ×スポーツというメッセージを発信する絶好の機会であり、ゴンちゃんが中心となって「プライドハウス東京」というプロジェクトも進めている。「プライドハウス」とは、ＬＧＢＴＱに関するポジティブな情報発信を行うと共に、ＬＧＢＴＱのアスリートや家族、サポーターなどが安心して集うための場所だ。世界で初めて開設されたのは、２０１０年のバンクーバー冬季五輪のときで、以降、大きな国際スポーツ大会に合わせて各地のＮＧＯ（非政府組織）が主体となり、さまざまな形で「プライドハウス」が設立運営されてきた。日本でも東京オリンピック・パラリンピックに合わせて期間限定のホスピタリティ施設を設置し、ＬＧＢＴＱや多様性に関するさまざまなイベントやコンテンツの提供、情報発信を行えるよう準備をしている。２０２０年秋にはプライドハウス東京レガシー（常設総合ＬＧＢＴＱセンター）も開設予定だ。

さまざまな背景を持つ世界中の選手にとって、競技により集中できる環境作りのお手伝いをすることで、選手時代に獲れなかったメダルを、みんなと一緒に目指したい。スポーツ界だけでなく社会全体が輝くために、まだまだ僕たちにできることはたくさんあるはずだ。

小説『ヒゲとナプキン』について

「自分はハッピー担当なんだ！」と決めて以来、僕はネガティブな情報は意識的に発信しないようにしてきた。特にＳＮＳはネガティブな情報ほど拡散しやすいのは皆さんもご存知のことだろう。セクシュアルマイノリティ＝いつでも辛くて苦しくてかわいそうな人、そんな世間のイメージを変えたい。楽しく生きる姿を見せることで、当事者の人にも希望をもって生きてもらいたい。だからこそあえて楽しい、嬉しい、ハッピー‼　とポジティブな発信を続けてきた。

しかし、もちろん僕にだって辛いことはあるし、実際にはまだまだ課題も山積みだ。ＬＧＢＴＱに関するポジティブな情報が増えてきた今だからこそ、心にしまってきた苦しい過去をあえてここに記しておきたい。

その訃報を知ったのは、2009年のことだった。

僕がはじめての本『ダブルハッピネス』を出してから3年経った頃だった。連日の仕事に疲れ果てて夜中に帰宅し、いつも通りメールボックスを開くとショウのお母さんからメールが届いていた。

福岡で出会ったショウは、元自衛官。僕の本を読んで勇気をもらったと、一度でいいから会って話をしたいと連絡をもらい、福岡まで会いにいったことがある。

ショウに限らず、僕は本の出版後にメッセージをくれた当事者に会うため、2カ月ほどかけて日本全国を旅したのだった。

博多で一緒にご飯を食べながら半日ほど時間を共にしたショウ。仕事のこと、家族のこと、カミングアウトのこと、お互いのいろいろな話をした。

「性同一性障害でもこんなに楽しそうに生きているフミノくんを見て勇気をもらいました!」と、少し照れ笑いをしながら元気に別れた彼は、その1年後に海辺近くに停めた車内で練炭自殺をしたとのことだった。遺品を調べていたら僕の名前とアドレスがあったとメールをくれたショウのお母様。

「うちの子は何にそんなに悩んでいたのでしょうか?」

まさかカミングアウト後の親との関係に悩み苦しんでいたとは、伝える気にもなれなかった。

「僕もフミノくんみたいにいつか本を出したいんです!」

と、書きかけの原稿を持ってきてくれたイクは、モンチッチのような髪型が印象的な愛嬌のある子だった。たった1冊の本を書いたくらいで僕に偉そうなことが言えるわけでもない。イクの想いの丈を綴った書きかけの原稿を読み、特にアドバイスをするわけでもなく、また続きができたら読ませてほしいとだけ伝えた。笑顔でうなずく彼の手首には既に無数の傷があり、なんとか頑張って生きぬいて欲しいと願ったが、それを最後に二度と会うことはなかった。オーバードーズだったらしい。まだ20代に突入したばかりだったと思う。悔しくて涙も出なかった。

ＬＧＢＴＱに限らず、誰もが自分らしく暮らし、働き、遊び、集えるような場所を作りたいと神宮前二丁目に「ｉｒｏｄｏｒｉ」というお店をオープンしたときのこと（詳細は第4章で触れる）。ひとりでも多くの方に足を運んでもらうため、そしてひとりでも多くの方にＬＧＢＴＱの存在を身近に感じてもらうため、オープン直前まで寝ずに準備を続けていた。オープン前日の夜、スタッフや関係者が集まって、店で出すメニューの最終試食会をしていると、知らない番号から着信があった。何かと慌ただしいタイミングだったから、店舗関連の連絡かと思いすぐに携帯を取ると、函館からの電話。マルのお母さんだった。

今日はマルが亡くなってから半年経った月命日だという。改めて遺品を見返していたら、僕の名前と番号を見つけたとマルのお母さんからの電話だった。

母と子のふたり暮らし、シンガーソングライターを目指していたマル。

「僕もフミノくんみたいに仲間を集めていろんなことに挑戦してみたいんです！」

彼の言葉には沢山の夢がつまっていた。函館の飲み屋横丁で、彼のギターを聞きながら、お母さんも一緒に楽しく飲み歌い、家にまで泊めてもらった。東京に戻ってからも何度か電話をもらったが、最後に話したのはいつだか思い出せない。辛い、苦しい、助けて、死にたい……そんな全国からの止まない相談に対応しきれず、あの時の僕は少し疲れていた。着信に折り返せない時もあった。あの時僕が折り返していれば……。何度考えたところでマルはもう戻ってこない。

僕が毎年パレードの先頭に立って笑顔で手を振りながら歩くとき考えているのは、いつだって彼らのことだ。パレードだけではない。昨今ではＬＧＢＴＱに関する話題が連日ニュースになり、企業や行政の取り組みも活発になってきた。これまで不安だらけだった当事者も、社会の変化と共に少しずつ本来の自分を取り戻し、今やパレードの会場は無数の温かい笑顔で溢れている。活動が評価され、華やかな場所に登壇する機会も増えてきたが、その場が華やかになればなるほど、彼らのことを強く思う。

ほら、見てよ。
この景色を一緒に見たかったんだよ。
なんでいないんだよ……。
みんなと一緒に見たかったんだよ……。
もうこれ以上、死なないでほしい。

その想いだけで、これまで走ってきた。

この悲しい現実を終わらせるために、なにかできることはないだろうか。

僕は自分が世に出るきっかけを与えてくれ、今でも頼れるアニキ的存在である乙武洋匡さんに相談し、『ヒゲとナプキン』というトランスジェンダーを主人公とした小説を書いてもらうことにした。

彼らが命を落とす原因となった、今なおこの社会に根強く残る差別や偏見は、社会の中にＬＧＢＴＱに関するストーリーが圧倒的に足りていないと感じたからだ。

この負の連鎖を終わらせるためにも、当事者のリアルを知ってもらいたい。そんな思いから全てのエピソードは実話に基づいて描かれている。

しかも、それらのエピソードは、僕ひとりの体験談ではない。

僕がこれまでに出会い、話を聞いてきた数千人の当事者のストーリーが凝縮されている。

全てのシーンに思い浮かぶ顔がある。

２０１９年2月から8カ月にわたってＷｅｂで連載をしてもらったのだが、毎週の更新は楽しみであると同時に、苦しかった。あのころがリアルに蘇る、非常にしんどい時間となった。

主人公はトランス男性のイッキ。もうこれ以上イッキを苦しめてくれるな、と一方で願いながら、「イッキをもっと苦しめてくれ」と何度もオトさんに依頼した。当事者の苦しさはそんな簡単ではない、そんなにシンプルではないのだ、と。その度にオトさんは何度も何度も、粘り強く原稿を修正してくれた。最終的に出来上がった原稿は、「どうしてそこまで気持ちがわかるのだろう？」と不思議になるくらい、当事者に寄り添った、いや、むしろ当事者でも気づききれない心の底まで表現してくれていた。僕たちの希望も絶望も描き切ってくれたのだ。

そして、トランスジェンダーがパートナーと子どもを持つ過程や周囲との葛藤を描くことで、このストーリーはＬＧＢＴＱを超え、家族とは何か？　を問うまでの作品となった。

「かあさん、私たちはいったい何を守ろうとしてるんだろうね」

イツキのパートナーであるサトカの父の言葉が印象的だ。そう、僕たちは一体何を守ろうとしているのか？　何を守るべきなのか？

個人のライフスタイルの多様化と共に、家族のあり方も多様化している。そんな中、伝統的な家族観を守るため、という理由で、選択的夫婦別姓や婚姻平等に反対するその先に、一体どんな未来を守りたいというのだろうか？

従来の価値観の押し付けに息苦しさを感じているのはＬＧＢＴＱだけではないだろう。この作品には、そんな息苦しさの中に新しい風を吹き込む、たくさんのヒントと希望も詰め込んだ。「希望のない人生は生きるに値しない」とは偉大なゲイの活動家であるハーヴィー・ミルクの言葉だ。そう、生きるには希望が必要だ。

この作品を、二度と会うことのない多くの仲間たちに捧げたい。

そして、ＬＧＢＴＱに限らず、あなたとあなたの大切な人の未来のために、ひとりでも多くの方にこの作品を読んでもらいたいと切に願う。

第4章　同性パートナーシップ条例

なぜ渋谷区だったのか？

２０１５年４月、渋谷区男女平等及び多様性を尊重する社会を推進する条例（通称・同性パートナーシップ条例）が施行され、日本初となる同性パートナーシップ証明書の発行が行われることになった。

同年3月31日、渋谷区議会。

「賛成多数で、本条例は可決されました」

議長がそう言った瞬間、議会の傍聴席にいた僕や仲間たちに振り返って、渋谷区議（当時）の長谷部健さんが手元で小さなガッツポーズをした。

その時の高揚《こうよう》と安堵《あんど》とが入り混じった思いは、決して忘れることはないだろう。

「なんで渋谷区だったのか？」

「なんでこのタイミングだったのか？」

よく聞かれることがあるが、これは、決して急に降って湧いた話ではなかった。

第1章でも触れたように、グリーンバードの活動を通して長谷部さんと知り合ったのは2005年のことだった。当時渋谷区議だった長谷部さんも、はじめからLGBTQに理解があったわけではない。「へぇー、フミノみたいなやつって本当にいるんだな」というのが、最初に僕に会ったときの感想だった。

翌2006年に『ダブルハッピネス』が刊行され、全国の当事者から「会いたい」とメッセージが数多く届くようになったことは、これまでも何度か触れてきたが、正直、ひとつひとつ丁寧に応えるには限界があった。そこで僕は、グリーンバードの場をこんなふうに活用することにした。

「僕は定期的に、グリーンバードという街のお掃除ボランティアに参加しているので、是非ここに遊びに来てください！」――。

ブログにそう書いたところ、全国の当事者がグリーンバードの活動に遊びに来てくれるようになった。

特に僕がリーダーを務める歌舞伎町チームのお掃除には、毎回多くのLGBTQの人が参加してくれるようになった。LGBTQのためだけの活動に参加するとなると当事者自身もハードルが高いかもしれないが、ここは単なるお掃除の活動だから、参加する＝カミングアウトにはならない。言いたい人は言えばいいし、言いたくなければただ掃除すればいい。また、「掃除のボランティアに参加してくる」と言って反対する人もいないので、家族などにも嘘をつかずに参加できる。

ＬＧＢＴＱの人も参加のハードルが低かったのだろう。毎回掃除をしてから飲み会をする、と活動はいたってシンプルだ。チームリーダーが僕なので、自然と当事者とアライ（支援者）の方の参加が多くなり、マイノリティとマジョリティが逆転することもあった。次第に自然とＬＧＢＴＱの話が生まれるコミュニティに育ち、ここでマジョリティとしての疑似体験をした当事者の方が、どんどん社会性と自信を取り戻していく場となっていった。

とはいえ、この場に来ればイキイキと自分を出している方も、家族や会社、普段生活をしているコミュニティではカミングアウトできず、周囲に話したいことも話せていない、というケースがほとんどだった。

毎回そんな僕たちの様子をそばで見ていた長谷部さんは、

「ＬＧＢＴの人ってこんなにたくさんいたんだな。俺、今まで全然気づかなかったよ。マイノリティってことだけでこんなに困ってる人がいるんだったら、渋谷区で何かできないかな？」

「是非何かやってくださいよ！　でも……何ができますかね？」

そんな会話を始めたのはもう10年以上前のことだった。


そこから数年が経ったある日。表参道を一緒に掃除していたら、隣にいた長谷部さんから不意にこう話しかけられた。

「なぁフミノ、渋谷区で同性カップルに証明書を出すっていうのはどうかな？」

「えっ⁉　そんなことできるんですか⁇」

「いろいろ考えてみたんだけど、俺自身、たかだか紙切れ一枚って思ってた婚姻届も、提出してみたらすごい幸福感があったんだよね。こういった幸福感を共有するだけでも、街の空気って変わっていくんじゃないかと思って」

街づくりに「多様性」は必須条件だ、と考えていた長谷部さんは、何か渋谷区らしいやり方はないか、とずっと考えていてくれたのだった。

とにかく、できるところからやってみよう！　ということになり、まずは小さな勉強会から始め、それから街のキーパーソンに会いに行くなど、少しずつ輪を広げていった。

そして２０１２年、渋谷区議会で長谷部さんが、２０１３年には同じく渋谷区議の岡田マリさんがＬＧＢＴの課題や同性パートナーシップについて提案をしてくださり、２０１４年７月、「渋谷区多様性社会推進条例の制定に係る検討会」が設置されたのだった。

検討委員には街づくりに関するアドバイザーとして、「Ｂａｒ緑」の共同オーナーである左京さんも入っていた。ところが左京さんに検討委員会の様子を聞くと、この話に前向きな人が少なく、なかなか話が進んでいかない、ということだった。

そこで左京さんが「委員会のメンバーと当事者が会って話をする場をつくろう！」と提案してくださり、僕は、委員会の座長を務める海老原暁子《あきこ》さんとお会いすることになった。

海老原さんは立教女学院短期大学の元教授で、ジェンダーが人間の生活に及ぼす影響を研究し続けてきた、フェミニズム界でも著名な方だ。その海老原さんと左京さんも含めた数名で、飲んだり食べたりしながら、ざっくばらんにお話をさせていただいた。

「海老原さんは命を削ってでも、これ（同性パートナーシップ）をやり遂げる覚悟で、今日ここに来ているのよ！」

一緒にいたメンバーのひとりがこう話していたことを覚えている。

ただ正直、僕はこのとき、条例を議会で通すことがどれだけ大変なことか、この条例が実現することで社会にどれほどのインパクトを与えるものか、そしてもうひとつ、海老原さんの体調について、全く想像が追いついていなかった。

条例を形にするためには、海老原さんの存在が欠かせなかったこと、そしてその海老原さんがこの時すでに癌を患っており、まさに命を削ってこの会食に足を運んでくださっていたことは、後から知ることとなる。

新二丁目計画＠神宮前二丁目

ちなみに、海老原さんたちとの会食の場となったのは、僕が２０１４年に仲間たちと作った場所、渋谷区神宮前にあるタイ料理店「ｉｒｏｄｏｒｉ」だ。

この「ｉｒｏｄｏｒｉ」は、ゴンちゃんのアイディア「新二丁目計画」からスタートした店舗。新宿二丁目ではなく、「Ｂａｒ緑」のある渋谷区神宮前二丁目を、街ごとＬＧＢＴＱフレンドリーにしていこう――そんなバーカウンターでの会話は、ゴンちゃんがアメリカ国務省主催のプログラムに参加し、現地のＬＧＢＴＱセンターを視察したことで一気に具体化へと動き出す。「日本でもＬＧＢＴＱセンターを、この神宮前二丁目に作ろう」ということになったのだ。

前の章でも少し触れたが、ＬＧＢＴＱセンターとは、当事者の人が安心して集まれるコミュニティとしての機能だけでなく、就職支援の相談に乗ったり、生活や医療など必要な情報を提供するなど、さまざまな形でサポートを行う施設のことだ。アメリカでは１９７０年代からこういった施設ができ、現在では世界各都市に存在している。ロサンゼルスのように医療機関まで備え、ビル一棟をセンターとして運営しているところもあれば、家や職を奪われた当事者のための（米国のホームレスの4分の1がＬＧＢＴＱというデータもある）シェルターを併設しているところもある。24時間３６５日オープンしているところもあり、生活に不安をかかえる当事者がいつでも安心して駆けこめる場としての大切な機能だ。

日本でも２００３年に新宿二丁目に開設されたコミュニティセンターａｋｔａなど、全国各地に施設がある。でも、その数はまだまだ少なかった。

僕もセンターの運営には以前から興味を持っていた。年に一度の打ち上げ花火のようなパレードもなくてはならない存在だが、当事者にとってこの問題は、24時間３６５日向き合わねばならない日々の生活の話。何かトラブルや、ひとりで耐えきれないことがあれば、いつでも駆けこめるような場所として、「Ｌｉｋｅ！」や「Ｂａｒ緑」も機能はするけれど、個人の店舗では限界がある。ＬＧＢＴＱの誰もがいつでも安心して過ごせる、その物理的な面積と時間軸を広げていくためにも、センターの存在は不可欠だった。

しかし、アメリカのように寄付も行政からのサポートも受けづらい日本で、こういったセンターを運営するのは資金面で大きな課題がある。そこで、ゴンちゃんのＮＰＯ法人「グッド・エイジング・エールズ」がコミュニティスペースを、併設する飲食店を僕が運営し、飲食店の経営でセンターの運営費用をまわしていこう、ということになった。ちょうどこの頃、期間限定営業のはずだった歌舞伎町の「Ｌｉｋｅ！」も、ビルの建て替え時期が本決まりとなり、閉店時期が見えてきていた。であればもう1軒、できないことはない。

立ち上げと運営にあたっての資金難が課題となったが、このコンセプトに共感してくれた僕のアニキ分であるルキさんとモガ君、そしてゴンちゃんの電通の先輩であり、ＴＲＰや「ｉｒｏｄｏｒｉ」のロゴ制作もしてくださったアートディレクターの廣橋《ひろはし》正《ただし》さんから出資協力をいただけることになった。

最終的には、ゴンちゃんを連帯保証人として、僕が融資の受け皿となる株式会社ニューキャンバスを設立し、なんとか実現へとこぎつけた。

ホームページには、こんなメッセージを記した。

「小さな共感が未来を変える

人とは違う自分は、間違っていると思っていた。人と違う自分には、未来なんてないと思っていた。でもいまは、違いこそが、みんなの生活に彩りを与える大切なことだと気づいた。

誰もが、人とは違う自分を大事にしながら、わたしと違うあなたを大切に想う、そんな未来のために、ニューキャンバスは、ＬＧＢＴやいろんな人が、フラットに集まれる場所づくりを行っています。

少しずつ、一人ずつ、共感の輪を広げ、違いを力に変えながら、違いがあたりまえの未来をつくる。それが、僕たちの活動です。

」

僕は「場所づくり」が好きだ。

飲食店の経営をしていても、ゴミ拾いをやっていても、パレードをやっていても「いろんな人が出会う場を作る」ということは一貫している。その部分でブレがなかったから、全ての取り組みに、同じテンションで臨めていた。

そして、なぜ自分が場所作りをしたいのかといえば、何よりも自分自身がさまざまな場で、多様な人と出会ってきたからこそ今の自分がある、と確信しているからだ。

人は、人との出会いによって成長する。

ならば、あらゆるカテゴリーを超えて、いろんな人が出会う場をつくりたい。


新二丁目計画は、神宮前二丁目にある築40年、2階建ての物件をリノベーションし、2階のシェアオフィス兼ギャラリースペースをゴンちゃんのNPOが、1階のタイレストラン「ｉｒｏｄｏｒｉ」を含む「カラフルステーション」全体の運営を僕の会社ですることになった。ここがセクシュアリティも年齢も国籍も超えて、自分らしく暮らし、働き、遊び、集えるような、オープンでクリエイティブな場所の中心になるんだ――。

慣れないスーツを身にまとい、事業計画書を持って役所や銀行に融資の相談に行く。何を目的に、どんな事業をして、どうやって収支を回していくのか、そのためにいくら必要なのか。店舗の図面を見ながら客席数と客単価、メニュー構成、回転率など細かい話までしながら返済計画についての話をする。

「このエルジーなんとかっていうのは何なんですか？」

まだLGBTQの認知度はかなり低く、各所でイチから丁寧に説明を繰り返す。

「なるほど、そういうことですか。ではこの図面でいうと、どの辺りでショーをやることになるんですかね？」

担当者のおっちゃんはどれだけ丁寧に説明しても、セクシュアルマイノリティ＝オネエ＝ショー、というイメージから抜けられないようだった。

「いえ、ニューハーフの方が踊るショーパブ的なものではなく、食事をメインとした一般的なレストラン運営を考えています。ランチもディナーも営業するつもりで……」

「ということは、お店の人が隣に座って接客するんですよね？」

だから違うって言うてるやん！（笑）

そんなコントのようなやりとりを繰り返し、無事に融資を受けられることが決まったのは建物の改装工事が終わるころだった。

そして、お店のスタッフ。

僕は、このお店については美味しさにこだわりたかった。コミュニティスペースとして機能するためには、当事者の人はもちろん、それ以外の人にも、とにかくたくさん足を運んでもらえる場所にしなければいけない。何を食べるかで体の栄養を、誰と食べるかで心の栄養を。両方の栄養をたっぷりと提供できるような、美味しくて楽しいお店にしよう。

人選には苦労したが、最終的には「際コーポレーション」時代の同僚ふたり、ちょもらんま酒場でコンビを組んでいたもっちゃんこと杉本さんに料理長を、際の店舗のアルバイトスタッフだったイケことトランスジェンダーの池田さんに店長をお願いすることになった。タイ料理はもっちゃんにとって初めての挑戦だったが、フレンチをベースにさまざまな経験を持つもっちゃんは、素晴らしいメニューを作り上げてくれた。

ちなみに、「ｉｒｏｄｏｒｉ」（上から読んでも下から読んでもイロドリ！）という店名はゴンちゃんの発案で、「違いこそ人生の彩りである」という想いを込めた。実はこの店は、２０１８年に地域の再開発などもあって閉店してしまったのだが、この時に得たファミリーとも言える仲間の輪は今でも大切な繋がりとして残っている。

この「ｉｒｏｄｏｒｉ」での海老原さんたちとの食事会から約2カ月後、僕とゴンちゃんは検討委員会から、正式に話をしに来てほしい、と依頼を受けた。そのころ、ゴンちゃんの団体「グッド・エイジング・エールズ」は東京都から認定ＮＰＯ法人の認定を受け、委員会の開催当日である10月10日は、ちょうどそのお祝いパーティを開催していた。最初の乾杯だけ済ませた僕とゴンちゃんは店から抜け出し、タクシーに飛び乗り渋谷区役所へと向かった。

「ゴンちゃん、その派手な蝶ネクタイは取った方がいいんじゃない？」

「えー？　これかわいくない？　ダメかな？」

「検討委員会の人、年配の方が多いらしいよ。見た目大事っしょ」

「それもそうだね」

時間ギリギリに区役所に到着し、エレベーターに乗り込んだ。

「ゴンちゃん、やっぱりさ、その帽子も取ったほうがいいんじゃない？（笑）」

「えっ？　これもダメ？（苦笑）」

渋々帽子を取りながら「失礼しまーす！　遅くなりましたー！」と勢いよくドアを開けた瞬間、僕とゴンちゃんはおそらく同じことを感じていたはずだ。

蝶ネクタイも帽子も、取っておいてよかった、と。


しーんと静まり返った厳粛な雰囲気の会議室。８名の検討委員の方々と渋谷区の職員の方が座られていた。その正面には凛とした海老原さんの姿があった。席に促され、僕たちは自己紹介と共にそれぞれの立場からＬＧＢＴＱをとりまく現状をお話しさせていただいた。

僕は幼少期の辛さや、戸籍と見た目の性別が食い違っていることによる社会生活の困難のことなど。

ゴンちゃんは、同性同士で部屋を借りることの大変さや、入院したパートナーに病院で面会したとき、家族として扱ってもらえなかった実体験など。

最初は物珍しい表情で僕たちを見ていた方々も、後半になると食い入るように話を聞いてくれていることが感じとれた。あっという間に予定時間が過ぎるほど、僕たちは対話を重ねることができた。

翌日、左京さんに話を聞くと、僕たちが会議室を出た後も、委員の方々の話はかなり盛り上がったようだった。みなさんテレビで見る以外には初めて当事者を見たという人が大半だったそうだ。検討委員のひとりであり、当時渋谷区の教育長だった池山世津子さんも「私はこれまで数えきれないほどの子どもたちと過ごしてきたけど、ＬＧＢＴの子はひとりも会ったことがないと思っていた。でも、今日の話がもし本当ならば、取り返しのつかないことをしてしまったのではないか……」と話されていたという。

僕たちが話したことは、大きくプラスに働いたようで、ここから議論は一気に加速したのだった。

賛否の声、そして

さまざまな議論を重ねた結果は報告書としてまとめられ、２０１５年1月、海老原さんから桑原敏武区長に提出された。

そして翌月には、「渋谷区が同性カップルに『パートナーシップ証明書』を発行する条例案を3月の区議会で提出することを決定」というニュースが一斉に流れ、大きな話題となった。当事者に限らず、全国的に制度の是非や発行プロセスに対する賛否両論が巻き起こり、渋谷区には数千件という単位の賛否の連絡が来たそうだ。

反対する方々の意見は、こんな調子だった。

「ＬＧＢＴが増えたら伝統的な家族が崩壊し国が滅びる！」

「少子化に拍車がかかる！」

「エイズが蔓延《まんえん》する！」

などなど……。

他にも、ここには到底書けないような根拠のないデマも流れ、反対デモや、反対を叫ぶ街宣車が、渋谷の街を走りまわっていた。

僕たちはさまざまな批判の声にしっかりと応えていく＝負けないために、署名サイトを立ち上げて応援の声を集めたり、カラフルステーションで勉強会やイベントをたびたび開催するなど、自分たちなりに理解を深め、広げていく活動を続けていた。


この時期には企業・行政・メディア・NPOなど、LGBTQに興味をもつ方々が、連日「ｉｒｏｄｏｒｉ」に足を運んでくださっていた。条例の関係者はもちろん、経団連や東京オリンピック・パラリンピックの組織委員会、そして全国の当事者の方も訪れ、食事やお酒を交えながらさまざまに交流し、次々とアイディアが生まれていく日々。

さらに偶然か必然か、この時期にはＬＧＢＴＱの当事者やアライの友人が、店の近所に吸い寄せられるように引っ越してきていた。昼間はこの条例のことや講演会、パレードに関する打ち合わせを行い、夜は毎晩「ｉｒｏｄｏｒｉ」で会食。そこから歩いて１００メートルほどの「Ｂａｒ緑」へと流れて二次会、というのがお決まりのルーティーン。まさに色とりどり、カテゴリーを超えたさまざまな人同士のコミュニケーションが生まれ、まるで毎日がお祭りのようだった。


そして迎えた3月31日午前。「渋谷区男女平等及び多様性を尊重する社会を推進する条例」は可決された。

〈この瞬間を、海老原さんと一緒に喜びたかったな……〉

ちょうどこの１週間ほど前、僕は海老原さんの葬儀に参列していた。

海老原さんをはじめ、これまでの道のりを共にした多くの方々の顔を思い浮かべると、涙をこらえることができなかった。

しかし、泣いている暇はなかった。

この前日、僕とゴンちゃんのところには多くのメディアから連絡があり、議会後に区役所前で取材を受けてほしい、と依頼を受けていたのだ。取材を受けるなら何か絵になるようなものがないといけないよね、と言い出したのはゴンちゃん。

「こういうときは記事を読まなくてもひと目で何のニュースかわかるのが大事なんだよね。やっぱり横断幕とかかな」

「横断幕といっても『勝訴』ってわけでもないし、何にする？」

「THANK YOU SHIBUYA！　とか？　それなら海外のニュースでもわかりやすいし」

「でもそれじゃ何が〝サンキュー〟なのかわかんなくない？」

話し合いの末、僕たちは急遽前日に「THANK YOU SHIBUYA！」と「祝！　同性パートナーシップ条例！」の2枚の横断幕を作った。

議会の前日も、いつものルーティーンで「Bar緑」に繰り出し、朝までお客さんとテキーラ祭りだった僕は、寝坊ギリギリで渋谷区役所に向かった。顔はパンパンで、服装も昨日とまったく同じ。

〈これで取材かぁ、しまったな……でもしょうがないか（苦笑）〉

そして、横断幕を持って区役所の外へ出た瞬間、僕は思いっきり後悔した。

そこには見たこともないような数のメディアが、待ち受けていたのだ。

決して僕たちだけが何かをしたわけじゃない。ここにたどり着くまでには数えきれない方々の尽力があるのは言うまでもなく、僕はそのほんの一部をお手伝いした程度だった。

しかし、メディアで扱われるのは僕たちの写真。まるで僕たちが作った条例のように見えてしまうのはあまりにもおこがましく、だらしない格好と腫れぼったい顔も相まって、申し訳なく感じる瞬間だった。


このニュースはほぼ新聞全紙とTVキー局のニュースで取り上げられた。メディアの力は絶大だった。

その日からしばらくは、LINEもメールも、電話もメッセンジャーも、ひっきりなしに大量の連絡が届く日々が続いた。

さすがにちょっと疲れたな……ベッドに倒れこみながらスマホを眺めていると、とあるSNSの書き込みが目に止まった。20歳の学生さんだった。

「私には付き合って1年になる女性のパートナーがいます。今のパートナーと証明書を取りに行くかはまだわからないけど、こんな日本でも自分の将来を真剣に考えていいんだって、今日初めて思うことができました」

批判的な書き込みが多く、気持ち的に少し疲れている部分もあったのだが、次世代が未来を描ける社会に一歩でも近づけたのであれば、これまでの全てが報われるような気がした。

「僕」から、「僕たち」へ

そこからほどなくして、僕は渋谷区から依頼を受け、条例可決後新たに編成された検討委員会の委員を委託されることになった。

メンバーは弁護士、医者、教育関係者など約10名で構成され、ＬＧＢＴＱの当事者という立場での参加は僕ひとりだった。

僕はそれまで人前でＬＧＢＴＱの話をするとき、必ず「僕は」と言い、決して「僕たちは」とは言ってこなかった。

なぜなら、ひと言でＬＧＢＴＱと言っても、立場や意見は非常に多様だからだ。男性と言ってもいろんな男性がいる、日本人と言ってもいろんな日本人がいる、トランスジェンダーもそれは同じ。たくさんの違った考えを持つ当事者がいる中で、僕がトランスジェンダーを「代表」するわけにはいかないし、ましてやＬＧＢＴＱ全てを代表することなどできるわけがない。

「お前が代表者ヅラするな！」

そんな批判も実際よくあったが、言われなくても痛いほどに理解していた。

しかし……。

自分が望まなくても表に出ている人が少ない分、どうしても代表者として見られてしまう。僕はその度に、こんな補足をしていた。

「あくまでも僕個人としてこう思うだけで、決してＬＧＢＴＱを代表するものではありません」

しかしその言い訳は、もはや許されないところまで来てしまっていた。日本初となる大切な条例の検討委員に選ばれた僕が、会議中に「あくまでもこれは僕の意見なんで他の当事者のことまではわかりません」と言うのはあまりにも無責任だ。

よくよく考えてみれば、これまでは、とにかく批判を恐れて「代表」することから逃げていたのかもしれない。

これはもう、腹をくくるしかない。

「僕」から、「僕たち」へ。

「僕たちは」と言うからには、その言葉に責任を持てるよう、より多くの当事者の話を聞こう。自分に都合のいい話だけではなく、時に耳が痛かったとしても、考え方が違ったとしても、しっかりとそこに向き合おう。

僕は、これまでずっと逃げてきた代表者としての自覚を持つ、という覚悟をここで決めたのだった。

ちなみに、同性パートナーシップの制度化、という動きは当時、決して渋谷区に限った取り組みだったわけではない。世田谷区でも同時にスタートし、全国でもさまざまな自治体が、熱心に取り組みはじめていた。

しかし、この渋谷区での条例可決はとても象徴的なものであったことは間違いないだろう。

振り返れば、この条例がスタートしたことで、それまでは法制度的にも「ＬＧＢＴＱの人など存在しない」という前提で動いていた社会が「ＬＧＢＴＱの人たちが存在する」という前提に変わったのではないかと思う。

渋谷区の条例は同性パートナーばかりがフォーカスされがちだが、この「ＬＧＢＴＱの人など存在しない社会」という前提条件が覆《くつがえ》ったということに、一番の意味があったと僕は思っている。

そして、この２０１５年を契機に、ＬＧＢＴＱをとりまく社会環境は目まぐるしく変化し、僕個人としても、社会としても、次のフェーズに突入することになる。

こうやって社会って変わっていくんだな……。

社会が変わる、その渦中にいられたことは、なんともエキサイティングな体験だった。

「大炎上」が教えてくれたこと

僕はこの前後で、２度ほどいわゆる「大炎上」を起こしている。

炎上というのは不思議なもので、リアルな生活ではそんなことまったく気にしていない、むしろ知りもしない人に囲まれているのに、いざ渦中に投げ込まれると、まるで世界中から責められているような気持ちに陥ってしまう。

僕も、かなりしんどい経験をした。

ひとつ目は、「カラフルステーション」炎上事件だ。

条例が可決してからしばらくして、グッドデザイン賞の関係者から、渋谷区の条例をこのグッドデザイン賞に応募してはどうか？　と推薦の声が上がった。

　グッドデザイン賞とは、デザインによって暮らしや社会をよりよくしたものやことを評価し、顕彰《けんしょう》するものだ。渋谷区の関係者に推薦の連絡が入ったのだが、申請には費用がかかるため、区民の税金を申請費用にあてるのは難しく断る、とのことだった。その話を聞いた僕たちは、ならば有志でカンパして、そのお金で申請しよう、ということになった。正直、この賞のことはあまりよくわかっていなかったのだが、「賞を取ればより多くの人に知ってもらう機会になる！」という周囲の勧めもあり、やるだけやってみることになった。

　ところが、いざ申請書類を確認してみると、なかなか記入が難しい。基本的には雑貨や家電など有形物を想定した書類になっていたので、条例のような形のないものを記入する仕様になっていなかったからだ。

　僕はグッドデザイン賞事務局に電話で問い合わせた。

「『応募主体』ってあったんですけど、僕たち有志で申請したいので住所とかがないんですよね。どうしたらいいですか？」

「何か関連する場所などがあれば、とりあえずその住所を記入しておいてください」

「わかりました。他にも『デザイナー』とか『価格』っていうところもあるんですが、条例なのであてはまらないところもたくさんあって。どうしたらいいですかね？」

「とりあえず適当に埋めておいてもらえれば大丈夫ですから〜」

　なんとも気軽な返事だったので、んじゃ、とりあえず埋めておきますね〜、とその言葉を鵜呑《うの》みにして、適当に空欄を埋めた。そして住所がないので、とりあえずカラフルステーションの名前と住所を記載したのだった。

今となっては自分の確認が甘かったと反省しきりなのだが、その時はとにかく、この条例をひとりでも多くの人に知ってもらえたら、ということ以外は頭になかった。

そして申請は無事に通り、結果、通称「パートナーシップ条例」はめでたくグッドデザイン賞を受賞することになった。のだが……。

申請書に記入したそのままに、その受賞主体が「カラフルステーション」と発表されてしまったのだ。

僕はあくまでも条例自体が受賞し、事務的な手続きのために「カラフルステーション」と記入したつもりだったのに……。

案の定、発表直後からSNS上では「区の条例なのに、受賞主体が民間の一団体というのはどういうことか!!」と一気に大炎上となってしまった。


その年は多くの偶然が重なった1年だったように思う。たとえばだが、この条例とは全く関係ない文脈で、桑原渋谷区長が退任されることが決まり、急遽後任として長谷部さんが区長選に立候補することになった。そしてその選挙の投票日が、TRP2015のパレード当日でもあった。代々木公園の使用許可申請は13カ月前だし、長谷部さんが区長選挙に出馬するのも、急遽決まったことだ。言うまでもなく、そんな日程を合わせられるわけがない。

それでもSNS上では、邪推する意見が相次いだ。

「広告代理店出身の長谷部が区長選挙の話題作りのためにLGBTを利用しているのではない

か？」

「長谷部とフミノが癒着しているのではないか？」

「ゴンとフミノが自分たちの手柄にして、これで金儲けを企《たくら》んでいるのではないか？」

特にきつかったのは、多くの当事者から批判が寄せられたことだった。

あるＬＧＢＴＱ関連イベントに顔を出したら「長谷部とフミノが渋谷の歴史を捏造《ねつぞう》しようとしている」と、僕たちの顔写真が入ったビラが配られていたほど……。

事実無根の情報が飛び交っていた。

個人的に批判を受けるのは辛い。でも、僕が辛い辛くない、というよりも、こんなことで大事な条例に傷がついてしまっては悔やんでも悔やみきれないと、数週間にわたって寝ずに火消しのために走り回ることになった。


またもうひとつの大炎上は、ＴＲＰ２０１７の期間中、メディアの取材での受け答えが原因だった。

毎日新聞の取材を受けた際、「マーケットが人権を作る」というタイトルで記事が拡散されてしまったことから始まった。

もちろんすべての人が生まれながらにして基本的人権を持っており、条件つきの人権など論外だ。この時の取材で僕が伝えたかったのは、ＬＧＢＴＱは特別な世界の人ではなく、いち生活者（＝消費者）としてすぐそこにいるということをわかってもらいたい、ということだったのだが、会話の一部だけを切り取られたタイトルがついて、拡散されてしまった。

「こんな人権の『じ』もわからんような奴がパレードの代表などありえない！」

「金がない奴は切り捨てるのか！」

「代理店とくっついて当事者を金儲けに使いやがって！」

見事な炎上ぶりで、この時も、燃えに燃えた。


言葉のチョイスや事前確認など、脇が甘かったことは否めない。

でも、自分の意図と反した形で拡散されてしまうのは辛かった。

意図に反していたとはいえ、これによって多くの当事者の方を傷つけてしまったことも事実であり、本当に申し訳なく思っている。

僕＝個人の発言であればここまでにはならなかっただろう。僕たち＝パレードの代表の発言だからこそということもあり、まだまだその自覚が足りていなかったことを猛省した。


炎上しているときは、批判的な意見を目に入れないほうが精神衛生上いいのに、気づけば画面を見てしまう。繰り返される批判の声に気が滅入る。そしてこんな時一番堪《こた》えるのが、仲間だと思っていた人にSNS上で批判されることだった。批判が辛いというよりも「だったらSNSに書かないで直接連絡くれればいいのに……」と思うのだ。直接連絡さえもらえれば簡単に誤解を解くことができるのに、特に近しい人からSNS上で批判されれば、それがたとえ事実でなくとも、まるで事実かのように拡散されてしまう。

当事者からの批判、特に身近な人からの批判は心身ともに削られる思いだった。

一方で、こんな声もあった。

「おー！　今回もいい具合で燃えてるね～。もうフミノは『オナベ』じゃなくて『火鍋』だね(笑)」

「こっちは笑ってる余裕なんてないんだから！　店にまで苦情の電話がかかってきちゃって、みんなにも迷惑かけちゃったし」

「そんなの気にすることないっしょ。いいから早く一杯飲もうよ！」

大炎上中でも、一切態度が変わらない仲間がいてくれたのは心強かった。他にも身を挺してかばってくれる人、心のこもったメールをくれる人、何も言わずに店まで花を届けてくれた人もいた。ひとりひとりの気持ちが嬉しかった。

こういうときに真の人間関係って見えてくるんだな……。

明け方、「ｉｒｏｄｏｒｉ」の2階でゴンちゃんとふたり、ＳＮＳに掲載する謝罪文を書きながら、ふと思ったのを覚えている。

このようにオンラインでもオフラインでも、さまざまな形で人間関係を学び続ける日々だった。

彼女との日々

そして、彼女との付き合いも丸4年が経過していた。

僕が家に帰るころには彼女は寝ており、僕が起きるころには彼女はいない。

すれ違いの生活は変わらずだったけど、順調だと思っていた。

気づけば、彼女のお母さんと最後に話してから3年が過ぎていた。

彼女とご両親の間では、僕の話に触れないことが暗黙の了解になっており、そのためには、相変わらず嘘をつかなければいけないことも多かった。

「そろそろさ、もう1回ちゃんとお母さんたちに話しにいこうか？　このまま何もしないと変わらないし」

「そうだよね。あれから3年も経ってるし、少しは心境も変わっているかもしれないよね。でも、なんて話そうかな……」

「手紙を書いてみるのはどう？　またいきなり会いに行っても面と向かうと言えないこともあるからさ」

あれやこれやと相談し、この時は、彼女がご両親に手紙を書くという形でコミュニケーションをとってみることにした。

4年経っても変わらずお互いをベストパートナーだと感じていること、これからも一緒にいようと思っていること、そしてそれをちゃんと認めてほしいということ。ご両親に1通ずつ、それぞれに渡すことにした。

「そこまで言うならもう仕方ないな」

お父さんの返事はあっさりしたものだった。

小さい時お母さんが仕事で忙しく、「お弁当を作ってくれたのも、かわいく髪を結ってくれたのもお父さんだった」という彼女は根っからのお父さんっ子。常に彼女の意見を尊重するというスタンスのお父さんは、3年前に話したときも「うーん、結婚ともなればお父さんも賛成はできないかな……」といった感じで、何がなんでも大反対というほどではなかった。

お父さんが認めてくれたことは、とても嬉しいことだった。


そしてお母さんはというと……。

「ダメダメダメダメ！　絶対無理！」

3年経っても、お母さんの反応は、少しも変わりはなかった。

悲しそうな顔で報告する彼女に、僕はこう声をかけた。

「そっか……でも大丈夫だよ！　それぞれがしっかり自分のやりたいことで自信をつけて、その独立したふたりが一緒にいるとなれば、いつかは反対できなくなると思うんだよね。時間はかかるかもしれないけど、とにかく今はお互いのことを頑張ろうよ！」

僕が弱気になっては彼女も不安だろう。前回と同じように僕は「大丈夫、大丈夫」と彼女に言い聞かせながら、心の中で自分にも言い聞かせていた。

それから、結婚、について。

男女のカップルでお付き合いが4年、5年と続けば、「そろそろ結婚でも……」という話になってもおかしくないころだが、戸籍上女性同士の僕たちは、そういうわけにもいかなかった。

僕が性別適合手術を受け戸籍上の性別変更を行い、彼女と結婚することも考えなかったわけではない。しかし、僕個人としては戸籍変更のためという理由で健康な体にメスを入れるのは、どうにも納得がいかなかった。

普段の彼女との会話でも「ウチらはそんな形式にとらわれなくていいよね」という感じで、踏み込んだ会話はしていなかった。

いつか婚姻の本当の意味での平等や性別変更条件など、法律が変わればもちろんそうしたいし、そのためにもしっかり活動を続けよう。社会的な理解が進めば、彼女のご両親もいつかわかってくれるはずだ。何よりも自分たちのために頑張らなければ……。

そんな思いもあって、僕は彼女とゆっくり過ごす時間よりも、活動を優先していた。「今どこにいるの？」「何時に帰ってくるの？」なんて、彼女に聞いたこともなければ聞かれたこともない。なによりも、彼女は僕のこの生活を理解してくれている。応援してくれている。

僕たちには、お互いに信頼関係がある。そう思っていた。

深夜のスマホ

でも、それは僕の完全なる甘えだった。

渋谷区のパートナーシップ制度の施行と、付き合って5年となる記念日が目前に迫った10月のある日。僕が仕事を終えて深夜に帰宅すると、彼女はいつも通り眠りについていた。僕はたまたま翌日午前中の予定がキャンセルとなり急に時間ができたので、少しほっとしていた。考えてみれば、彼女ともしばらくゆっくりご飯も食べていない。彼女の明日の予定はどうなのかな？　ふと彼女のスマホが目に留まった。

こんな時間に起こすのも悪いし、何時に目覚ましをかけているか、だけ確認しよう。たしか暗証番号は彼女の生年月日だったっけ。何の悪気もなく、置いてあった彼女のスマホを手にしてアラームを確認した。その時、何故かＬＩＮＥが気になってしまった。

この５年間、こっそり携帯やスマホを見たことなど一度もない。

そんなの、マナー違反だ。やってはいけないことだ。

ただ、このときは……虫の知らせとでも言うのだろうか、なぜか無性に気になってしまったのだ。


ちょっとだけ……。

ＬＩＮＥを開くと、画面の一番上に、見知らぬ男性の名前があった。

「この前はありがとう」

途端に胸がバクバクし、スマホをギュッと握りしめた。

スクロールすると、どうやら学生時代に付き合っていた元カレのようだった。

地方に住む元カレがたまたま東京に来たと連絡があり、一度は誘いを断るも、やはり少しだけ会おう、ということで、再会したようだった。

慌てて自分のスマホを確認した。

ふたりが会った日は、僕と彼女が久しぶりにご飯をすることになっていた日だ。なのに、急なトラブルで僕がドタキャンをしてしまっていた。

僕は目をつぶり、そのままスマホを戻した。

「この日は、何より僕が悪かった日だ。だから……見なかったことにしておこう」

朝起きると、いつもと変わらぬ優しい彼女がいた。

大丈夫。何も心配することはない。

そう思っていた。


それから数週間後の2015年11月1日。付き合い始めて5年目の記念日に、僕は彼女に、プロポーズをした。

決して先日の一件があったからではない。

これは前から決めていたことだった。

初めて指輪を贈り、結婚はできなくてもこれからもずっと一緒にいよう、その気持ちは中途半端なものではない、と改めて伝えたかったからだ。

彼女は嬉しそうに微笑み、頷《うなず》いた。

未来が見えない

不安になる必要なんてない。僕らはこれからも大丈夫。

彼女はプロポーズを喜んでくれたじゃないか。

LINEのメッセージ画面を頭の隅に追いやるかのように、前向きな言葉だけを思い浮かべた。

久しぶりに元カレと会ってごはんを食べることくらいあるだろう。僕だって女子校時代の仲間と会えば、その輪の中に元カノがいるなんてこともあったりする。もちろん、そんなのは昔の話で、いまさら何があるわけでもない。

僕も同じシチュエーションなら同じ行動を取っていたと思うし、異性との人間関係の全てを断ってほしいなどとも思わない。

僕は基本的に付き合った相手の詮索もしないし、詮索されるのも嫌だった。浮気するなと言ってもするときはするだろうし、言わなくてもしないときはしない。お互いを尊重しながら、その信頼関係を築くことが大切だと思っていたからだ。

このままやりすごそう。あのＬＩＮＥのことなど忘れよう。

ところが、頭ではそう考えようとしているのに、割り切れない自分の弱さがあった。どうしてもモヤモヤが晴れてはくれなかったのだ。

記念日＝プロポーズの日から２週間ほどしたある夜、またしても彼女が寝ているそばに、スマホが置きっぱなしになっていた。

人のスマホを見るなんて最低だ。

この前、自己嫌悪したよね？

彼女にだっていろいろある。

詮索しないでおこう。

元カレとはたまたま1回会っただけだろう。

プロポーズだって受け入れてくれたじゃないか。

わかってはいる。

わかってるけど……。


最後にもう一度だけ。

プロポーズ以降連絡はとってない、それさえわかれば……。

その安心だけが欲しかった。


祈るように画面を開いた。


そこには元カレとのやりとりが続き、目にしたくはない、決して見てはいけない言葉が並んでいた。その中には僕との交際の相談もあり、プロポーズされたが迷っていることが書かれていた。

それに対し、そんな奴より俺とよりを戻そう、といったやりとりもあった。

血の気が引いていくのを感じた。


動転した僕は、どう切り出すかを考える余裕もないまま、寝ている彼女を起こしてしまっていた。

「……スマホ見たんだけど、これどういうこと?」

すぐに状況を把握した彼女は、僕がスマホを覗《のぞ》き見したことへの怒りなど見せることもなく、しばしの沈黙のあと、泣きながら胸の内を語りだした。

この数年間、ご両親と僕との板挟みでものすごく辛かったこと。
30歳を超え、5年も付き合っている彼がいるのに何で結婚しないのか、と友達に聞かれても、いつも答えられないこと。
周りの友達は結婚したり子どもを産んだりして家族を作っていくのに、自分はどれだけ経っても未来が見えなかったこと。

これまでの彼女の孤独や不安が、とめどなく溢れていく。

僕がどれだけ家に帰ってこなくても、大事な活動だということはわかっていた。応援もしたい。でも、本心ではいつでも寂しかった。
また、本当は僕に手術もしてほしかった。
でもそれは言ってはいけないことだと思っていた。

初めて聞く彼女の本音に愕然《がくぜん》とした。

いや、僕だっていつかはちゃんと……。

でも。

「いつか」って、僕はいったい、「いつ」彼女としっかり向き合うつもりだったのか。

この現状をよしとして、具体的にこれからどうするか、という大きな問題から、僕はいつも目を背けていたのではないか。


いつからそうだったのか。

どれだけ寂しく不安な思いをさせてしまったのだろうか。

彼女が言わなかったのではない。

いつしか、僕が言わせないようにしてしまっていたのだろう。

「世界平和を考える前に、まずはすぐそばにいる人を幸せにできなければその先の幸せなんてない」――。

これまで散々、偉そうに人前でこんなことを話していた。

なのに、一番身近で大切な彼女を置き去りにしていた。

一体どの口が言ってたんだよ……。

自分があまりにも情けなかった。

彼女はさらに続けた。

「5年も付き合ってるのに結婚しないなんて、そんな不誠実な奴より俺とよりを戻そう。結婚しようって言われて……、その時、この人なら結婚できるんだって思っちゃったの……ごめんなさい、ごめんなさい……」


何かが崩れ落ちるような音が聞こえた。

これまでやってきた全てのことが否定されたような気がした。

本を出して、さまざまな人に出会って、居場所を作って、仲間を増やして。どんなに大変でも、嫌な思いをしても、それでも、それでも……。

僕は、たった1枚の紙切れに勝てないのか……。


……そうか、全ては僕が「男」じゃないからなんだ。

「普通」じゃないからだ。

僕が「普通」の男だったら、僕も彼女もこんな思いをしなくて済んだはずだ。

明るい将来を夢見ながら楽しい学生生活を送って、いい会社に就職して、大好きな彼女と結婚して、子どもも作って……それができないのは全て僕が「男」じゃないからなんだ。

男女のカップルなら、今日出会ったふたりが婚姻届を出せば明日にでも夫婦として社会に認められるのに。

僕たちはあれもこれも、毎日こんなに大変な思いをしたってそこにはたどりつけない。

なんで僕たちばっかりが、こうなんだ。

僕だって好きでこんな体に生まれてきたわけじゃない!!


僕の中で何かが弾けてしまった。

僕は泣き叫んだ。彼女も隣で泣いていた。

僕たちは、ふたりで泣くことしかできなかった。

海外経験や、アスリートとしての実績。いつだって気丈で、明るくて。芯の強い彼女なら大丈夫。勝手にそう思いすぎていた。しかし、当たり前だが彼女だって、現代の日本社会を生きるひとりの女性なのだ。


「うちの子は普通なの。あなたの世界に引きずり込まないで」


彼女のお母さんの言葉が重たくのしかかる。

その通りかもしれない。

僕なんかと付き合いさえしなければ、社会的マジョリティの彼女にはいくらでも幸せになる道は用意されている。未来が見えない僕となんて、関わらないほうがいい。


そうなんだ。

マイノリティに生まれた僕がいけないんだ。

こんなに頑張って理解を得ようとしなくても、無理に制度などつくろうとしなくても、現実を受け入れて、高望みなどせず、分をわきまえて、日陰で暮らしていけばいいじゃないか。

別れよう。

お互いのために。


心の中で、何度もこの言葉を繰り返した。

それでも……。

どこまでも往生際の悪い僕は、この期に及んでも、そのひと言を口にすることができなかった。

ひとまず少し距離を置いて考えよう。

この日からしばらくの間、お互い、離れて暮らすことにした。


そこからの毎日はどん底だった。

あまりにも苦しすぎて、全てを投げ出してしまいたいと思いながら、投げ出す勇気すらなかった。こんな僕の状況とは関係なく、仕事やさまざまな相談の電話が次々と鳴る。休んでいるヒマなどなかった。

いや、むしろヒマがないことが、かえってありがたかった。

僕は朝から晩まで仕事を詰め込んだ。時間ができると彼女のことばかり考えてしまうからだ。

そして毎晩、酒を飲んだ。しかしいくら飲んでも酔えないし、眠れなかった。朝まで飲み明かしてそのまま仕事に行く。講演やテレビでパートナーシップ制度について偉そうに話している自分がいる。笑顔で話しながら「他人のパートナーシップなんて、やってる場合じゃないよな。ピエロかよ……」と心の中で自嘲する。

もうこんな身体なんて、壊れればいい。

自暴自棄になった僕は、さらに予定をパンパンに詰め込みつづけ、呷《あお》るように酒を飲みつづけた。もはやその生活自体が自傷行為に近かった。

世の中的にはパートナーシップ条例もスタートし、長谷部さんもめでたく渋谷区長に当選、パレードも大盛況でＬＧＢＴＱに関するさまざまな動きが社会のあちこちで加速。メディアの露出も増えたし、店も繁盛していた。

表向きには、僕の人生が、もっとも順風満帆に見えていた時期だったと思う。しかしプライベートは、人生で一番ボロボロだった。

悩んで、悩んで、悩んで、悩み抜いて……。

しかし、あらゆる角度からどれだけ考えても、最終的には彼女と一緒にいたいという思いに変わりはなかった。

別れても一緒にいても、どちらの道を選んでも、茨《いばら》の道だ。苦しいことに変わりはない。ならば僕は、彼女とともに歩みたい。

彼女はあの夜、「自分の弱さのせいだ、許されない過ちだった」と泣いていた。もちろん僕の中にも、「なんでだよ……」と、彼女を許せない気持ちは消えない。

でも、そこまで追い込んだのは、僕の責任だ……。

……いや、本当にそうなのか？

これは僕の責任なのか？

社会の責任なのではないか？

「全ての国民はみな平等に」と言いながら、結婚できる人とできない人がいる。当人同士は深く想い合っているのに、制度を理由に別れなければいけないなんて、やっぱりどうしても納得がいかない。

こんな社会に負けたくなかった。

僕は彼女に、こう話した。

「元カレとの関係を断って、一緒にいよう」――。

こうして僕たちは、再び同棲生活をはじめることになった。

もちろんすんなり、元の鞘《さや》にもどれるはずはなかった。

顔を見れば嫌なことを思い出してしまうし、文句も言いたくなる。彼女が暗い顔をしているのも辛いけど、楽しそうにされても「簡単に開き直るな」とイラついている自分もいた。泣きながら言い合うこともしばしばあった。ぐちゃぐちゃになった心と関係性を修復するのには、時間が必要だった。

第5章　ファミリーのこと

子どもを持つ、という選択肢

僕が彼女と再び暮らしはじめてから数ヶ月。

時間をじっくりかけて、僕たちは関係を修復し、少しずつ日常生活を取り戻していた。

僕はあの一件のあと、法律上の結婚をするために、改めて手術を受けることを何度も何度も、真剣に考えた。彼女の思いにも応えたいと思った。

改めて補足するが、日本では2004年に性同一性障害特例法が施行され、次の5つの要件を満たせば戸籍上の性別の変更が可能となった。
一　二十歳以上であること。
二　現に婚姻をしていないこと。
三　現に未成年の子がいないこと。
四　生殖腺がないこと又は生殖腺の機能を永続的に欠く状態にあること。

五　その身体について他の性別に係る身体の性器に係る部分に近似する外観を備えていること。

２０１８年末までに約９０００名の方がこの法律をつかって戸籍上の性別の変更をしているのだが、この要件はどれも非常に厳しいもので、特に四と五については、「生殖機能を取り除けと法律で定めるなど人権侵害も甚だしい」と、世界からは非難を浴びているような要件なのだ。ちなみに世界ではもはや「性同一性障害（ＧＩＤ）」という言葉は使われておらず、ＷＨＯの定義でも「精神疾患の分類」から除外され、「性の健康に関する状態」に分類された。そのため日本でも、この性同一性障害という言葉はなくなっていく方向にある。

もちろん自身の体に対する強い違和感から手術を望むトランスジェンダーのことを、否定するつもりはない。しかしトランスジェンダーの全てが手術を望むわけではなく、ここは個人差が非常に大きいのだ。僕自身は外からも見えるおっぱいの存在はどうしても耐えられず切除したが、ホルモン投与で生理も止まってからは体内に残る子宮と卵巣の存在はさほど気にならなくなった。そのため心身や金銭ともに大きな負担を強いながら、摘出する必要はないと考えていた。生きるために制度があるわけで、制度のために生きているわけではない。何度考えても、戸籍上の性別を変更するためという理由で健康な体を切ろうとまでは、どうしても思えなかった。

しかし、戸籍上の性別を変えなければ僕たちは法律上女性同士であり、婚姻の平等がまだ実現していない日本社会では婚姻できない。それでは同じことの繰り返しになってしまいかねない。たとえ社会が認めてくれなくても、ふたりの間に揺るぎない絆がほしい。

何か方法はないものか……。

考えた末に僕たちは、2012年に前田さんに会って以来、いつかは……と話していた「子どもを持つ」という選択を、現実的に考えてみようということになった。

自然妊娠の可能性がない僕たちが子どもを持つのであれば、選択肢はふたつ。どなたかに産んでいただいたお子さんを何かしらの形で引き取って育てるか、彼女が自分で出産するかだった。

彼女は「できることなら自分が産みたい」と言った。

となると、次なる選択は精子提供だ。

精子バンクのようなところから探すのか、それとも、実際知っている人にお願いするのか。

彼女は直感的に、「全く知らない人は怖い」と言った。

では……知っている人から精子提供を受けるなら、どんな選択肢があるというのだろうか？

もしも僕に男兄弟がいれば、候補のひとりとなったかもしれないが、残念ながら姉しかいない。

ではオトン？　いやいや、それでは僕の弟妹《きょうだい》が生まれてしまう……。

「この人だったらどう？」

「うーん、この人はなんか違うな……」

「あの人は？」

「えー、イケメンだけどなんか気難しい子どもが生まれそうで嫌かも（苦笑）」

会話が重たくならないよう、シリアスな感じで話すというよりは、芸能人などの名前を出したりして、少し茶化しながら話を続けていた。

僕は候補となる男性の名前を口にしながら、自分で、あることに気がついた。

それは、ストレートの男性からの精子提供を考えると、自分の中の嫉妬心が湧き上がってしまう、ということだった。

どんなに信頼ができる人でも、ストレートの男性は嫌だ。

そのポイントが、僕の中で明確になった。

そこで思い至ったのが、ゲイの友人からの提供だった。ゲイの人であれば、彼女に対する嫉妬心は生まれないし、子どもを持ちたくても現状の日本で子どもを持つことが難しいという状況は近く、僕たちの想いも共有できるのではないか。

そうなると選択肢は必然的に限られ、有力候補としてあがったのが、一番近くで活動を共にしていたゴンちゃんだった。


実はほぼ同時期に、ゴンちゃんとも子どもについての話をしていた。

と言っても、一緒に子どもを持とうという話ではない。ゴンちゃんとはカラフルステーションの運営で一緒に頭を悩ませたり、一緒に炎上したり、相変わらず毎日のように顔を合わせていたが、自治体の同性パートナーシップ制度がスタートしたことで議論が加速し、ＬＧＢＴＱの仲間の間でも、子どもの話をする機会が増えていたのだ。パートナーに関する制度整備の次は子どもの問題、というのは自然な流れだったと思う。特にレズビアンのカップルの間で妊活をはじめる友人が増え、実際に子どもを授かったという話を聞く機会が増えていた。

ある晩、いつものようにみんなと「ｉｒｏｄｏｒｉ」でご飯を食べていた。すると友人のレズビアンカップルが、子どもを持つことを真剣に考えて、妊活をはじめたという。そこで僕はこんな相談をした。

「実は僕も最近子どものこと、真剣に考えようかと思っていて。彼女ともう結構長いしね。妊活って具体的に何から始めるの？」

「まずは体のチェックかな。自分がちゃんと産める体かどうか、病院で検査するところから始めたよ。あと一番大変なのは精子提供のこと。今も精子バンクのサイトをいろいろ調べてみたり、候補の男性と会って話をしてみたりしてるんだけど、なかなかうまくはいかないんだよね」

「そうなんだ。そりゃそうだよね……そんな簡単な話じゃないよね。ゴンちゃんは子どもとか考えたことある？」

「実は、僕も子ども大好きなんだ。でも、今の日本じゃまず考えられないかなって。少し上の世代のゲイの人たちはカミングアウトせずに女性と結婚して子どもも作って、それとは別にゲイライフはゲイライフを楽しむ人も多かったけど、僕の場合は、いろんな人に嘘をついて子どもを持つという選択はないかな。ゲイである自分を受け止めて生きると決めた時から」

「そっかー。じゃ、ゴンちゃんの精子で僕が産もうか？　この前男性ホルモンの注射打ち忘れちゃったら生理がきちゃったから、まだ産めるかもよ!?」

「いや、それはないでしょ（笑）」

「だよね（笑）」

大笑いした。

「でも……たとえばさ、ゴンちゃんから精子提供を受けて僕の彼女が産んで、3人で子育てをするとかってどう？」

「3人で子育て？」

「そうそう。お母さんひとりにお父さんふたり。可能性的にはあり……かもね？」

「そっかー。考えたことなかったけど、なくはないかも……」

最初は、そんな冗談のような会話だった。

それが、いつしか、本気で話されるようになっていった。

「一緒にいます」宣言

そして、子どもを作るにあたっては、長年の課題である彼女のご両親との関係を、とにかくなんとかしなければならなかった。

「そろそろ、もう一度ご両親に話しに行かない？　反対されたままじゃ、さすがに子どものことも進められないし」

「そうだよね。わかってるんだけど、でも……お母さんはもう無理な気がする……」

「じゃあ、うっかり体外受精でできちゃいました、っていうことで、反対できなくしちゃうとか？」

「全然『うっかり』じゃないじゃん（笑）」

「それは冗談としても、うーん、ここまできたら……『一緒にいていいですか？』じゃなくて、『一緒にいます』って宣言しに行こうか。いつまでも待っていられないし」

数日後、彼女からご両親に時間を作って欲しいことを伝え、ふたりで彼女のご実家に伺うことにした。

ご自宅はピザ屋さんの3階だ。建築家でもあるお父さんが建て、デザイナーであるお母さんがコーディネートした、とても素敵なご自宅だ。

玄関に入ると、緊張しているけれど、不思議と落ち着いている自分がいた。

最初にふたりの交際を伝えて、猛反対にあってから5年。

いい時も悪い時も、彼女と一緒に乗り越えてきたことが、自信につながっていたのかもしれない。

もう、これからはずっと彼女と一緒にいる。

その気持ちに揺らぎはなかった。


部屋にあがると、歓迎されていないことは肌感覚でわかったが、「出て行け!」と言われるわけでもなかった。

4人でテーブルについたタイミングで、僕から話を切り出した。

「今日はお伺いをたてにきたわけではなく、反対されたとしても、これからも僕たちは一緒にいるということをお伝えしにきました。この6年間、いい時も悪い時も一緒に過ごしてきて、それでもお互い必要な、大事な存在だと感じています」

間髪入れずにお母さんが口を開いた。

「ダメなものはダメなの。ふたりで一緒になんて無理でしょう。絶対無理。ありえない」

これまでと変わらない返事だった。

「はい、なので最初にお伝えした通り、今日はいいかどうかをお伺いしにきたのではなく、それでも僕たちは一緒にいる、ということをお伝えしにきました。どんなに反対されても、一緒にいることは変わりません」

ここまでくると、もうお互い感情的になることもなく、もちろん打ち解けることはないけれど、険悪というほどでもなく、淡々と、いつまでも交わることのない平行線のような話を、何度か繰り返した。

お父さんの方は、いいとも悪いとも言わず、わかったよという感じだった。そして最後に、

「まぁ、フミノ、そういうことだ。俺は俺、お母さんはお母さん、ふたりはふたりってことだ」

なんともお父さんらしい言葉だった。


すると突然、会話の流れが変わった。

「それより最近仕事はどうなの？　テレビも見たわよ。渋谷区の条例のやつ。あなた、頑張っているじゃない」

お母さんから渋谷区の条例の話が出てきたのは、なんとも意外だった。

そういえば、これまでもお母さんは、ふたりの交際には絶対反対だったけど、僕の存在や活動を否定することは一度もなかった。根っからの仕事人間であるお母さんは「結果」を出すことについて評価してくれていたのかもしれない。

そこからしばらくは、ここ最近の僕の仕事や活動の話をして、不思議な感じで話は終わった。

帰り道、僕たちはこんな言葉を交わした。

「これでよかった、のかな？」

「うん、お父さんが言っていた通りの解釈でいいんじゃないかな。お父さんはお父さん、お母さんはお母さん、僕たちは僕たち、で」

決してスッキリ晴れたわけではないけれど、曇り空に、少し光が差し込んできたような気がした。

突然の雪解け in NY

僕はこの夏、休暇をとってニューヨークに行くことにしていた。日々のアウトプットが多すぎて、自分の中がカラカラと乾いていくように感じていたからだ。もともと旅好きだったし、現地のLGBTQシーンを視察したかったし、流行《はや》りのレストランやバーも見てみたいし、語学も勉強したい――理由はさまざまにあったが、少し日本から離れたかった、というのが一番の理由だったようにも思う。

春ごろ、僕がニューヨーク行きを考えていることを話したら、偶然にも彼女が出展を検討していたファッションの展示会も、同時期にニューヨークで開催されるとのことだった。こんなタイミングもなかなかないかも、ということで、トントン拍子に一緒にニューヨークに行く話がまとまった。

彼女は、ピザ店の仕事を休まなければいけないので、ご両親に黙って行くわけにもいかない。そこで展示会の申請が無事通った後にニューヨーク行きを伝えたところ、お母さんも一緒にニューヨークに行きたいということだった。

「お母さん、私が出展する時は必ず一緒に来たいって言うの。私のデザインのダメ出しとかしてくるから、いつも会場でケンカになって、泣きながら走ってお母さんから逃げたことがあるくらい。でもお母さんのアドバイスはやっぱり大事だし。でね、今回はフミノさんも一緒だって言ったんだけど、それでもいいから行きたいって……どうしよう……」

「僕はかまわないよ。お母さんさえよければ、の話だけどね」

一緒にいます宣言の後、何度か彼女のお店にお客さんとして足を運んでいた。もう後は何度も顔を合わせていくしかない、と思っていたからだ。お父さんとは普通に会話を交わしていたが、お母さんは相変わらず目も合わせてくれていなかった。


僕は彼女よりひと足先にニューヨークに渡った。午前中は短期の語学学校に通い、午後からは気になるバーやレストランに足を運んでみたり、ニューヨークに拠点を構える人権団体や、プライド事務局の方にお会いして意見交換などをしながら日々を過ごしていた。そこから数日遅れて彼女がニューヨークに入り、更に数日遅れてお母さんがニューヨークに入る予定だった。

「え？　それじゃお母さん、どうやって空港から市内まで来るの？」

彼女が到着した夜、マンハッタンでふたりご飯を食べながらお互いの滞在スケジュールを確認していた。彼女のスケジュールまであまり細かく把握していなかったのだが、聞いてみるとお母さんがニューヨークに到着するのは展示会初日なので、空港まで迎えに行けないという。

「お母さん、英語話せるんだっけ？　大丈夫？」

「英語は話せないけど大丈夫じゃないかな。昔は仕事で世界中飛び回ってたくらいだし。あ、でもお母さん荷物も大きいだろうからな……うーん、やっぱりちょっと心配かも」

「さすがにそれはちょっと心配でしょ。よければ僕が空港まで迎えに行こうか？　絶対嫌がると思うけど……」

「絶対嫌がるよね……。でも、一応メールだけしてみようかな」

〈お母さん、もしよければフミノさんが空港まで迎えに行ってくれるって言ってるよ。お母さんは嫌かもしれないけれど、その方が安全だし、どう？〉

そして、返ってきた返事は意外にも、迎えにきてほしい、というものだった。

「えっ？　まじ!?」

「うん、私がいないことも伝えてみたけれど、それでもいいって。申し訳ないんだけど、お願いできる？」

「う、うん。もちろん大丈夫なんだけど……ふたりっきりで何話せばいいんだろうか㈶」

何を話そうか……いや、そもそも何か言われるのだろうか。また目も合わせてもらえなかったらどうしよう……。

自分で言い出したことではあったが、意外すぎる展開に心の準備が追いつかず、それから数日間は気が気ではなかった。

そして、お母さんがニューヨークに到着する日。

ふたりで滞在していたＡｉｒｂｎｂから彼女を展示会場に送り出すと、僕はそのまま空港へと向かった。誰かと会うのに、こんなに早く待ち合わせ場所に向かったことなどあっただろうか。

飛行機の到着予定3時間前にジョン・F・ケネディ国際空港に到着した。

僕は、お手洗いの位置やタクシー乗り場までの動線などを、何度も確認していた。お母さん、喉が渇《かわ》いているかもしれない。だったら水とコーヒー、どちらを用意しておこうか。無難に水？　水ならエビアンかボルヴィック、どっちがいいか……。そうだ、最初のひと言は何て声をかける？　こんにちは？　それともお疲れさまです？……到着ロビーに着いてからも、さまざまなパターンを想像しながらベンチで立ったり座ったり、そわそわと時間を過ごした。

電光掲示板を見る限り、フライトは予定通りに到着したようだ。

心拍数が高まる。

ここでお母さんを見つけられず、すれ違いになってはいけない。

乗客出口の正面で待ち構えていると、人だかりの中から大きなスーツケースを手にしたお母さんが現れた。僕は大きく息を吸い込み、緊張を抑えながら笑顔で声をかけた。

「長旅お疲れ様でした。機内では眠れましたか？」

「あら、フミノさん。今日はありがとね♪」

〈えーーーーっ⁉　めちゃフレンドリーやん！〉

全く予想していなかった展開に、自分の目を疑った。

しかし、夢ではないようだった。

動揺を抑えつつ、確認した通りタクシー乗り場へ向かう。

機内食がどうだったとか、気候がどうとか、たわいもない会話が続いていく。

タクシーで空港から展示会場へと向かう約1時間も、どうやって会話を繋ごうか不安だったのだが、ニューヨークの流行りの飲食店やお母さんが仕事で世界中を飛び回っていたころの話など、会話は途切れることもなく、あっという間に会場に到着した。

無事に到着した僕たちの様子をみて彼女も察したのか、旅路の会話をすることもなく、すぐにふたりは展示会場を散策しはじめた。僕は後ろを歩きながら姉妹のように仲良く話すふたりの背中を眺めていた。

展示会が終わると、夜は自然な流れで3人でご飯を食べに行った。

特に「ごめんね」も「ありがとう」もあったわけではない。

未だに信じられない気持ちを抑えつつではあったが、これがお母さんの答えなのかもしれない、と考えることにした。

だから、これまでのことはあえて話題に出さず、僕たちはその夜をただただ楽しんだ。

翌日には3人で観光もした。ニューヨーク近代美術館（MoMA）へ行くと、天井から大きなレインボーフラッグがかかっているのが見えた。するとお母さんが突然、

「あのレインボーが、フミノさんがやっているやつよね？」

と言い出した。なんと、いきなりレインボーフラッグ！　そうきたか！　僕は少し慌てながら、

「はい、普段レインボーといえば7色で語られることが多いですよね。でも、あのレインボーは6色が特徴的で、世界共通、性の多様性を表すフラッグなんですよ」

「へぇ、そうなのね。今度ＬＧＢＴＱセンターにも行ってみたいわ」

ええ！　センターまで!?

お母さんはお母さんなりに、ＬＧＢＴＱのことを調べてくれていたようだった。お母さんの部屋から、ＬＧＢＴＱの当事者団体名が書かれていたメモ書きが出てきたと、後になってから彼女が教えてくれた。

また、空港まで僕が迎えに行くというメールを受け取った時、「お母さんは嫌かもしれないけれど」という一文に、自分の娘にそんな気遣いをさせてしまっていると感じたことも、心が動くひとつの要因だったらしい。


彼女と付き合い出して、６年が過ぎていた。

僕たちは、ずっと苦しかった。

でもお母さんは、相談できる相手もおらずにもっと苦しかったのかもしれない。

そう思うと、申し訳なくてたまらなくなった。でも、時を超えて今ようやく、お母さんと僕たちは初めて同じ空間で、穏やかな会話、楽しい時間を重ねることができた。

お母さんに感謝したいと思った。

こうしてニューヨークの旅は思わぬ展開で無事に終了した。

そして、僕たちは帰国後、新たなステージに突入した。

病めるときも健やかなるときも

彼女は僕とゴンちゃんが日々一緒に活動していることはもちろん知っていたが、彼女とゴンちゃんが頻繁に交流していたか、といえば、そういうわけでもなかった。

精子提供者の有力候補であるゴンちゃんと彼女の間に、きちんとした信頼関係を作っていかなければならなかった。

そこでニューヨーク行きの前後から、彼女とゴンちゃんと僕の3人で会う時間を徐々に増やし、いきなり核心の話をするというよりも、ご飯を一緒に食べたりしながら、他愛もない時間を共に過ごすようにしていた。ふたりは順調に打ち解けていった。

そしてニューヨークでの突然の雪解けを機に、いよいよ具体的に動き出そうということになった。

２０１６年の冬。

僕は35歳、彼女32歳、ゴンちゃん40歳のときである。

有力候補だったゴンちゃんに、精子提供をお願いしようと最終的に決めたのは、やはりこれまで築き上げてきたお互いの信頼関係があったからだった。

病めるときも、健やかなるときも。

これは結婚式の定番文句だが、この言葉が当てはまるのはパートナーに限ったことではない。僕はこれまで経験していたさまざまな人間関係から、この考えがいかに大事なことかを痛感していた。

お互い健康で、仕事もあって、関係性もいいときにうまくやれるのは当たり前。状況が悪い時こそ一緒に乗り越えられる関係性かどうかが、人生の時間を共有するうえでは何よりも大切だと思っていたからだ。

3人で子どもを育てるとなれば、きっとまた、今の僕たちでは想像もつかないような壁にぶち当たることもあるだろう。

それでも共に、苦楽を乗り切れる相手なのだろうか？

ゴンちゃんとは大炎上したときをはじめ、さまざまなトラブルに見舞われた時も、これまで数々の苦難を共に乗り越えてきた。一緒に怖いおじさんに捕まり朝まで軟禁状態で恫喝《どうかつ》を受け、弁護士さんのところに駆け込んだこともあったほどだ。問題が起きるたびに、どんなに大変な場面でも乗り越えられたのは、ゴンちゃんがいたからだった。持ち前のアイディアとユーモア、それに胆力。いつも100％意見が合ったわけではないし、ぶつかったりもしてきたし、お互いの嫌な部分だって見てきた。でも、どんなに苦しい場面でも絶対に逃げず、感情的にならず、前向きに話し合い、ひとつずつ解決してきた。

もちろん、僕たちふたりだけで何かをやったわけではない。多くの仲間たちに相談しながら、助けてもらいながら乗り越えてきたわけなのだが、この「どんな時も逃げずに乗り越えられた」

という信頼関係を築けたことが、何よりも大きいと感じていた。

ただ、社会の一員として暮らしていくからには、僕たちだけがよくてもどうにもならないこともある。3人で子育てする場合に、現状の日本社会ではどんなことにハードルがあるのだろうか？

正直なところ、何がわからないかもわかっていなかった僕たちは、妊活する前に、子どもの人権をご専門のひとつにしている山下敏雅弁護士のところへ相談に伺った。自分たちのことだけでなく、生まれてくる子どもにとっても一番いい形で子育てをしたかったからだ。

ちなみに山下弁護士は前述した前田良さんの「GID（性同一性障害）法律上も父になりたい裁判」の弁護団長を務められた経験もあり、LGBTQに関して非常に詳しい方でもある。安心して相談することができた。

山下弁護士は、こう説明してくれた。

「日本でLGBTQの人たちが子どもを持つ例が増えてきてはいますが、少なくともそういった関係性をオープンにして子育てしているLGBTQの人はまだまだ少ないのが現実です。さらに精子提供者も子育てに関わり3人で親になるケースはほぼないでしょう。

これまでにあったケースとしてはレズビアンカップルに『精子を提供するだけ』と取り決めていたゲイの方が、子どもが生まれたらやっぱり可愛くて関わりたくなり、揉めてしまった、というケースがありました」

これから僕たちが歩もうとしている道はそんなに簡単なことではない。改めてそこを認識するところからのスタートとなった。

「親権をどうするかは考えていますか？」

「正直その辺が一番どうしてよいのかわからなくて。どんなパターンが考えられますか？」

そこで僕は、「認知」とはどういうことなのか、「親権」とは何なのかを知ることになった。これまで言葉だけでなんとなく知ったつもりになっていたが、改めて説明を聞くと全然理解していないことに気づかされた。

「日本の制度では婚姻関係のない者同士で共同親権を持つことはできません。その中で3人とも法的に『親』になれるパターンを考えると……①彼女さんが産み、②ゴンさんが子どもを認知する。そして③フミノさんがその子と養子縁組をした、とします。すると彼女さんが実母、ゴンさんが実父、そしてフミノさんが養母、3人とも法的には親になる（親権は養親のフミノ）ということが考えられます。養子縁組の手続きは家庭裁判所へ書類を提出したら受理されるはずですが、私の知る限りでは前例がないので多少時間がかかるかもしれません」

僕も法的に親になれる可能性があるのか！（しかも養「母」って……苦笑）

これは少し嬉しい情報だった。

続けて話し合ったのは、最悪の事態が起きたらどうするか？　ということだった。もしも子どもができた後に、3人が仲違いしてしまったら？　誰かが死んでしまったら？　3人同時に死んでしまったとき、この子はいったいどうなるのか？

まさに「病めるときも健やかなるときも」である。関係性がいい時こそ、最悪のケースを想定して話しておかなければならない。仲が悪くなったらどうするか？　という話は、本当に仲が悪くなってしまってからではできないからだ。

　また、可能性がゼロではない限り、いいことも悪いことも、考えうる全てのケースを出し合ってシミュレーションを行い、ひとつずつ整理していった。

「たとえばさ、子どもができた後にゴンちゃんが他の人にも精子提供を頼まれたらどうする？」

「そっか、それを受けちゃうと血の繋がり的には他にも兄妹が生まれるってことになるね」

「そうなると別にゴンちゃんに恋愛感情があるわけじゃないのに、なんか浮気された気分だな（笑）」

「3人では仲良く子育てできたとして、ゴンちゃんに新しくできたパートナーがすごい嫌なヤツで、でも子育てに関わりたいって言ってきたらどうしたらいいんだろう？」

「すごい嫌なヤツとはたぶん付き合わないと思うけど……」

「そりゃそうだけど、僕たちと気が合わないってことは考えられるよね」

「そうか。ってことは……これから彼氏探すときは、付き合う前に子どもの話をして、それもOKじゃないと付き合えないってことになるか……またハードル増えちゃうな（笑）」

「まぁ、まずは候補ができてから考えれば？　それより養育費はどう分担していくのがフェアなんだろう？　分担の割合の目安ってあるんでしょうか？　誰かが払えなくなったときのために契約書も作ったほうがいいんですかね？」

　シミュレーションしてみると、本当にいろんなケースが考えられ、これまでに使ったことがなかった脳みその筋肉が刺激されるような思いだった。その度に山下弁護士は実例を示してくださり、こんな準備をしておいたほうがいい、と丁寧に教えてくださった。ひとつずつ課題がクリアになり、安心感が増していく。それだけでなく、さまざまなケースを想定することで、子どもを持つイメージが少しずつ具体化されるようにもなった。

そして、僕たちが大きな安心を抱くことができたのは、山下弁護士のこのひと言。

「私も仕事柄、児童養護施設で育った子どもや親から虐待を受けた子どもなど、さまざまなケースに関わってきました。いろいろありますが、ひとつはっきりしていることは、子どもにとっては血の繋がりや法的関係性より、その人が自分に真剣に向き合ってくれているかどうかが大切だ、ということです。関わる大人の数が少ないと困ることはありますが、多すぎて困ることはないですよ。多い方が子どもは安定しますので」

そういえば、僕には3人の〝祖母〟がいたことを思い出した。

母方の母、父方の母、そして父方の父の姉・ハナちゃんことハナコおばあちゃんの3人だ。

ハナちゃんは結婚して早くに旦那さんを亡くし子どももいなかったので、僕が生まれたときから92歳で亡くなるまでずっと同じ家で暮らし、本当の孫のように可愛がってもらった。幼少期の僕からすれば、どの人が本当の祖母でどの人が違うかなんてのはどうでもいい話だったし、むしろ周りの友達よりもお年玉の数が多くてラッキー！　くらいにしか考えていなかった。ハナちゃんも他のおばあちゃんとなんら変わりがなく、あまりにも自然だったので、今回の話をするまで忘れていたくらいだった。そう考えてみると、これから生まれてくる子にとっても、そういう思いは変わりがないのではないか、と実体験からも想像できるようになった。

このようなさまざまな話し合いを経て、結局僕たちは、たったひとつのルールだけを決めることにした。

もしも3人の中で大きく意見が割れた場合や、もう顔も見たくないくらい仲違いしてしまった場合には、子どもについての最終決定権は彼女がもち、それ以外は常に3人で協議して決めていく、ということ。

正直それ以外はさまざまな可能性がありすぎるので、その時決めたとしても後で変わることもたくさん出てくるだろう。だから、最初からかっちり決めすぎず、やりながら随時話し合って決めていこう。そんな方針だけは決めることができた。

こうして僕たちは、いよいよ具体的な妊活を始めることになった。

子作りは情報収集がポイント！

まずは彼女とゴンちゃんがそれぞれ病院に行き、身体的に子どもを持つことができるかどうかの検査を行ったが、幸いなことにふたりとも問題ないことがすぐにわかった。

ところが、ふたりが病院に行くという具体的な行動を始めても、僕はフィジカルには全く関わることができない。

そこについては、悲しい、寂しいという言葉だけでは表せない、なんとも複雑な気持ちがあった。でも、子どもを持ち、彼女と育てていきたい、という新しい未来へ向けての気持ちの方が強かったのもまた事実だった。

できないことを嘆く暇があったら、できることは全てやってみよう！

そう考えると、今の僕がこの妊活に最も貢献できるとするならば、これまで培ってきたネットワークをフル活用して、有益な情報を集めることだった。

ＬＧＢＴＱに関係なく、不妊治療の経験がある方や実際に子育てをしている方、また医療関係などさまざまな友人から話を聞いた。ネットの情報だけではどれを信頼していいのかわからないので、人工授精や体外受精についてのナマの情報を集めて３人で検討した結果、最初はシリンジ法という形でトライしてみようということになった。

「え？　自分たちで受精させるの？」

最初にレズビアンカップルの友人から、自分たちでトライしていると聞いたときは驚いたことを覚えている。その当時の僕は人工授精と体外受精の区別もあまりわかっていなかったからだ。

シリンジ法とは、針の付いていない注射器のようなもの（シリンジ）に精子を入れ、女性の膣内に注入する方法だ。ＬＧＢＴＱに限らず、僕の友人カップルでもこの方法で子どもを授かっているケースを何組か知っていた。まだＬＧＢＴＱの妊活に理解のないクリニックが大半の中、この方法であれば病院に行かずにできるのでトライしやすい。

僕たちはひとまず自分たちでできるところから始めてみることにした。

Amazon に「シリンジ　妊活」と入れると５００円から２０００円くらいまで、さまざまな種類のシリンジが出てくる。まずは10本で１０００円くらいの一番シンプルなシリンジキットを購入した。

彼女は基礎体温アプリで体のサイクルを確認し、排卵日のタイミングをはかってゴンちゃんにお願いした。

精子は時間が経ったり空気に触れたりするとよくない、また保管温度も大事などというネット情報をもとに、なるべく精子を出してから体内に入れるまでの時間を短くするよう努力した。たまたまお互いの家が近かったこともあり、朝ゴンちゃんに家で頑張ってもらい、採精後すぐタクシーで家まで届けてもらったりしていた。どんな形で精子を受け渡せばいいのかわからず、最初は消毒済みの小さなジャムの空き瓶に入れてもらっていた。今でこそ笑い話だが、入手できる情報が限られているので、僕たちも毎回が試行錯誤だった。

最初に精子の入った瓶を受け取ったときは、とても複雑な気持ちだった。

いや、これを書いている今も、なかなか複雑な気持ちである。

自分のパートナーでもない人の体液を、誰かに渡したり渡されたりなんて、しかもそれを改めてこうやって言葉にするのは、人前で裸になる以上に恥ずかしいかもしれない。

これはきっと僕たち3人ともがそれぞれ感じていたと思う。


僕は、このとき人生で初めて、人間の精子をナマで見たのだった。自分にはないし、今まで付き合ってきたパートナーも全員シスジェンダー（出生時の性別と性自認が一致している）の女性だったので、触れる機会がなかったのだった。

これが精子か……。

初めて見る精子は思っていたよりも透明で、なんとも言えない匂いがした。そしてこれをシリンジに移し替え、彼女の中に入れるのは僕の役割だった。

複雑などという簡単な言葉では表せない気持ちだったが、ここは意識的に感情にフタをしてやり過ごしていた。考えても仕方がないし、やはりそれでも子どもが欲しい、という気持ちには変わりがなかったからだった。

「ゴンちゃん、明日トライの日だからあんまり飲み過ぎないでよ。精子弱ったら困るじゃん！」

「ちょっと僕のこと種馬みたいに見ないでよ。まぁ僕のは活きがいいから、アルコールくらいじゃ負けないけどね！」

あまりシリアスになりすぎてもお互い負担なので、ここでもわざと茶化して話していた気がする。

そこから約1年間で10回程度、シリンジ法にトライした。僕もゴンちゃんも出張が多く、彼女の排卵日も含め3人でスケジュールを合わせるのはなかなか大変だった。

しかし、その努力は報われず、残念ながら妊娠には至らなかった。

「ごめんなさい。また生理がきちゃったの」

彼女からそんな連絡がくるたびに、子どもができていない落胆よりも、彼女が自分を責めているようで苦しかった。これはLGBTQに限らず妊活中のカップルならよく経験することだと思うが、妊娠しないとどうしても母体となる女性が自分自身を責めてしまいやすい。普段は明るく元気を絵に描いたような彼女ですら、この時期ばかりは少し情緒不安定だった。

「ゴンさんもフミノさんも忙しいのに申し訳なくて……」

心身お金ともに負担が大きいとなれば、その分のプレッシャーも大きくなる。責任感の強い彼女はなおさらだろう。

ゴンちゃんは、「全然気にしないで。それより体調は大丈夫？」といつもと変わらず、忙しい中時間を割いてくれていた。

僕は僕で、「ごめんでもなんでもないよ！　誰のせいでもないんだから。次またトライしよう！」と、すこぶる明るく振る舞うものの、どうしても空回りな感じがして、フィジカルに関われない自分に対するもどかしさは、以前よりも増していくことになる。

そして1年をすぎた頃、シリンジ法で続けていく限界を感じ、僕たちは体外受精へとステップを移すことにした。

産婦人科医院に勤める友人に、オススメの不妊治療専門クリニックを紹介してもらい、そこへ彼女とゴンちゃんがふたりで行くことになった。

当日は僕が同行するわけにはいかず、ひとり家で待つことに。

スマホをいじりながらもどかしい時間を過ごしていると、3人のグループLINEに連絡が入った。

「今終わりましたー」

「お疲れさま！　何も問題はなかった？」

「うん、最近は事実婚のカップルも多いからだと思うんだけど、特に関係性までは深く聞かれなかったよ。わりと淡々とって感じだったかな」

「そか。ゴンちゃんも大丈夫だった？」

「大丈夫だったんだけど、僕が案内された精子を採る狭い個室には、アダルトビデオが並んでたけど、看護師から熟女まで種類豊富なのにゲイものはなくて、全然LGBTQフレンドリーじゃなかったんだよね」

「そりゃそうでしょ（苦笑）。でも、フレンドリーな時代も近々来るかもね」

「あ、そうだ。最後に書類記入するときゴンさんの生年月日がわからなくて、フミノさんの誕生日書いちゃったけど大丈夫だったかな……」

「何も言われなかったんなら大丈夫だったんじゃないかな」

最後のやりとりはグレーだったのかもしれないが、聞かれてもいないのに「パートナーはトランスジェンダーで、この人は単なる提供者で……」なんてバカ正直に言って断られてしまっては、方法がなくなってしまう。多少の後ろめたさもあったが、その一方で、「なんで後ろめたさを感じなきゃいけないんだろう？」とも思った。

ふたりで病院に行くのは1回だけだったので、その後は彼女だけが、何度か病院に通うことになった。

体外受精はその名の通り、卵子と精子を体外に取り出して受精させる方法である。その中でも僕たちは顕微授精という方法にトライすることにした。卵子にブスッと針を刺してそこから精子を入れて受精させる方法だ。次の周期で彼女からは7個の卵子が取れ、5個の卵子が受精した。

次は、その受精した卵子をひとつずつ、適切なタイミングで子宮に入れていくことになる。うまく着床すればいいのだけれど……。

「着床してた！」

なんと、ふたつ目の受精卵で着床したのだ。

自然妊娠と違って、体外受精の場合は受精卵を体内に戻した翌週に、ある程度の結果がわかる。彼女が検査結果を聞きに行く日はドキドキしたが、よい報告が来て、うれしい気持ちというよりは、とにかくホッと胸をなでおろした。

本格的に妊活を始めてから約1年半。特に負担が大きかった彼女のことを考えると、心から安堵した。

「本当によかった！　でもまだ何が起こるかわからないし、無理がないように大事にしていこう」

喜びが大きい反面、苦労したのは、安定期に入る前にうっかり人に話さないよう自分を抑えることだった。嬉しくてすぐにでもみんなに報告したかったが、あまり僕が喜びすぎて万が一流産などしてしまったら大変だ。とにかく彼女に余計な負担をかけないよう、僕は嬉しい気持ちをグッとこらえて、あえて淡々とした態度を装うように努めた。

僕の働き方改革

妊娠初期の彼女のつわりは、なかなか厳しいものだった。

よくテレビドラマで女性が気持ち悪くなりトイレに駆け込むシーンがある。それで妊娠がわかるといった場面が描かれているが、まさにそんな感じで、しかもそれがワンシーンでは終わらず数週間にもわたって続くのだ。食べられないだけではなく、臭いにもかなり敏感になり、僕が家で何か食べているだけで、「臭い！」と吐いてしまう。サポートしたくてもできない。それどころか狭い家にふたりでいるのは逆に彼女の負担になってしまった。しかし、肩身が狭くて、なんて言ってる暇はない。できないことを嘆く暇があったら、できることをやるのだ。

ここでも僕は、自分なりに妊娠や出産に関する情報を集めるようにした。

先輩パパ・ママたちに妊娠・出産・育児について聞きまくる中で、特に印象に残っているのが、モガ君に言われた「親になる覚悟」というひと言。

まだまだあれもやりたいこれもやりたいという僕に、

「あのさ、フミノ。子どもを持つってそんな簡単じゃないよ。忙しいのはわかるけど、今みたいにほとんど家にいられない状態でどうすんの？　妊娠中は彼女さんの心配があるだろ？　それに子どもが生まれたら育児でもっとドタバタになるよ。やりたいことも大事だけどさ、まずは父親になる覚悟を決めたほうがいいんじゃないか？」

ズシッとくる言葉に、僕は改めて自分の働き方を考えなおした。

「社会のため！　の前に、まずはすぐ隣にいる人を大切にしなければ！」

言葉だけではダメだ。今こそ実践のときだ。

それまでの僕は誘いを断ることが苦手で、お声がかかれば世界中どこでも足を運んだ。必要とされることが嬉しかったからかもしれないし、誘いを断ればもう誘ってもらえないかもしれない、と不安があったからかもしれない。

また、「のんびりすること」に対する罪悪感も、強かった。

でも、もうそれは卒業しよう。

やりたいこととやるべきこと、これまでごちゃごちゃになっていた頭の中を一旦整理し、しっかりと優先順位をつけ、〝やらないこと〟も決めた。

一番悩んだのは「ｉｒｏｄｏｒｉ／カラフルステーション」の経営だった。国立競技場からすぐの立地にあったこの店舗は、東京五輪の開催が決まったことで大家の意向が変わり、急な立ち退きを迫られていた。僕の力量不足もあって、正直言えばかなり厳しい経営状態ではあったのだが、それでもみんなの期待がつまった大切な居場所を簡単にやめるわけにはいかない。なんとか継続したいという強い思いがあった。「他にいい物件があるから閉店じゃなくて移転しない？」「新しいこんな企画もあるんだけどどう？」と、ありがたいお誘いもたくさんいただき、迷いに迷いに迷ったのだが……。最終的には断腸の思いでクローズすることにした。これまでの経験上、新しいことを始めてしまうと、家に帰れない日が続くのが目に見えており、経営も子育てもどちらも中途半端になりかねないと思ったからだ。

ところが、彼女はそんな僕の行動を見て、こう言い放った。

「ねぇ、何で家にいるの？」

「え？　いちゃダメ？（苦笑）」

僕があまりに家にいるから、気味が悪い、とまで言われる始末。

しかし、この時期ふたりで一緒に過ごす時間を使って、子どもが生まれてからの生活についてじっくり話し合うことができた。他にも、天気のいい日に散歩に行ったり、時間を気にせずご飯を食べたり、保育園の下見や引っ越し準備など、ゆっくり過ごす時間を持つことができたのはとてもよかった。

また、この時間を活用して、妊娠や出産についての勉強をつづけた。勉強といっても偉そうに言うほどではなく、アプリや漫画で知識を得ることにした。

いくつか種類があるようだが、僕たちが使ったのは「トツキトオカ」という、パートナー同士で使える妊娠記録アプリで、予定日を登録するとそこから出産予定日までのカウントダウンがはじまる。今赤ちゃんがどんな状態か、心身ともに母体がどんな状況か、パートナーにサポートできるポイントは何かなどなど、事細かなアドバイスが毎週更新されるアプリだった。これはゴンちゃんも一緒に登録して、3人で情報共有していった。

「へえ〜。今10センチくらいなのかぁ。『筋肉や皮下脂肪ができてくる』『この時期にはつわりもおさまる頃、ママは食べ過ぎに注意』だって！　なるほどね」

毎週更新されるのを楽しみにしながら、それを読んでは少しずつ大きくなる彼女のお腹に話しかけたりしていた。

もうひとつ参考になったのが、友人に勧められた漫画『コウノドリ』（鈴ノ木ユウ著、講談社）だ。産婦人科を舞台にしていて、描写もリアルだし深刻なエピソードも多いから読んでいて不安になってしまうところもあった。しかし、妊娠出産には生死を伴うリスクがあることは間違いないし、考えたくもないけれど、自分たちだけは大丈夫、と思ってはいけない。僕は当時出ていた単行本を全て読み終わると、すぐにゴンちゃんに渡して強制的に読ませることにした。

彼女はお腹がどんどん大きくなり、日に日に母になる実感が強まっていく。でも、体調の変化がない僕たちが父親になることを実感するのはなかなか難しい。すぐそばにいる僕ですら、なかなか実感は持てないのだから、離れて暮らすゴンちゃんはさらに実感がわかないだろう。なるべく3人の間で温度差が出ないように努め、1日1日を大切に過ごしながら、少しずつ親になる準備を重ねていった。

女子校出身パパの特権

そして……何よりもここで一番助けられたのは、小中高の「女子校ネットワーク」だった。僕は女子校時代の仲良し仲間10名ほどのＬＩＮＥグループに入っているのだが、そのほとんどがすでに子育てに奮闘中の先輩ママたちだった。僕が彼女の妊娠を伝えると、みんな本当に喜んでくれて、お節介なほどにたくさんのアドバイスを受けることができた。

「出産のときなんて男は全く頼りにならないから、フミノはそうはならないように！」

「そうそう！　うちの旦那も私がつわりで大変だったときも、飲んでばっかりで全然帰ってこなかったし。ふたり目生まれてからも本当に大変だったんだから！」

パパにはパパの言い分もあるだろうけどな（苦笑）……という言葉は心の中に留め、先輩ママたちの話を素直に受け止めるようにした。中でも皆が口を揃《そろ》えて言っていたのが「産んでから最初の2カ月が一番大変」ということだった。

そこまで言うのであれば、最初の2カ月はなんとかしようと、予定日から2カ月の間は仕事を入れないように調整をした。僕はスケジュールの半分以上が地方での講演会なので、早い時期にスケジュールがわかれば調整は可能だからだ。実際、彼女は産後の回復にかなり時間がかかってしまったので、仕事を入れてなくて本当によかったと思う場面が多かったし、何より日々成長する新生児と過ごした2カ月は奇跡のように貴重な時間で、今後のファミリーの関係性においても大きく関わってくるだろう。早い時期に的確なアドバイスを聞けて本当によかったと今でも感謝している。

また、「産後に彼女からフミノに対してどれだけひどい言動があったとしても、許してあげて。それに理由はないし、そういうものだから！」というアドバイスも、実に的確なものだった。

実は、その言葉を聞いた時にはあまりピンときていなかったのだが、後に「あ、あの時みんなが言ってたのはこのことか（笑）」と思い出す場面が何度かあり、これも先に聞いておいてよかった、と思うことのひとつだった。

他にもあれやこれやと、現役ママたちのリアルな情報は本当にありがたく、これだけは「女子校出身パパ」の特権だったのかもしれない。

それぞれの両親に妊娠のご報告

彼女の妊娠をそれぞれの両親に伝えたのは、安定期に入るころだった。

僕の両親には妊活を始めた頃に少しだけ話をしていたが、改めて報告すると少し驚きはしたけれど、とても喜んでくれた。

「おめでとう！　よかったわね！　でも……、ゴンちゃんから精子提供を受けて、彼女が産むのよね。それって私たちの『孫』って呼んでいいのかしら？」

「確かに……」

その視点が、なぜだかすっかり抜け落ちていた。

僕の中では、彼女のお腹にいる子どもを「我が子」と思うことについて、すでにまったく違和感がなかったのだ。

「そっか……まぁ、いいんじゃない？　細かいことは気にしないで、広い意味でのファミリーってことで」

「そうね。まぁ、あなたたちが決めた道だから私たちは応援するだけね。本当におめでとう！」

そんな感じですんなりと報告は終わった。

ゴンちゃんは金沢に帰省したタイミングでご両親に報告したとのことだった。

「あんなに嬉しそうな両親の顔は見たことなかったよ。やっぱりゲイだってカミングアウトしてから、僕には子どもは無理だと思っていたんじゃないかな」

こちらも、とにかくめでたし、だった。


そして、彼女の方はどうだったかというと……。

彼女のご両親に妊娠を伝えに行くのは、ニューヨークの空港でお母さんをお迎えしたときに次ぐ、ドキドキした出来事だった。ニューヨーク以来、何度か一緒に食事に行ったりと、関係性は引き続き良好だったが、かといって結婚ができるわけでもない。「娘さんを僕にください」と改めて言いに行くのも変だしな……と、タイミングを逃していたのだ。そして子どものことも、会話の中でさらっと「いつかは子どものことも考えています」と口にしたことはあったけど、具体的に進めているとは話していなかった。本当にできるかどうかもわからないのに、体外受精のことなどを話して余計な心配をかけたくなかったので、妊娠したら改めて報告しようということになっていた。

「ｉｒｏｄｏｒｉ」の閉店作業が一段落したある日の午後、営業時間前にご両親のお店へと向かった。彼女からは、話があるとしか伝えていなかった。

4人で向き合って席につき、変に世間話をするのもわざとらしいので、単刀直入に僕から話しはじめた。

「実は、子どもができました」

「えっ？」

「ご存知の通り僕はトランスジェンダーですので、自然妊娠ではないのですが。ゴンちゃんから精子提供を受ける形で体外受精をして妊娠したんです。今ちょうど3カ月過ぎたところです」

緊張の時間だった。まさか反対はされないだろうと思っていたが、その確信もなかったからだ。

一瞬の間をおいてお母さんから返ってきた第一声は、

「あら！　よかったじゃない！」

そして、お父さんが不意に涙ぐんだ。

「そうか……フミノを選んだ時点で、うちらにはそれはないと思ってたからな……」

僕も思わず視界が滲《にじ》んだ。その涙を隠すように立ち上がり、手元のグラスにビールを注ぎにいったお父さんの表情はとても嬉しそうだった。

その姿を見て、はじめて僕たちも心から喜ぶことができた。

「そうかぁ、じゃあ、名前は何にしようかな」

え？　それ、お父さんが決めるんですか？

「スポーツは体操がいいかな。あ、でも水泳もいいかもだし」

もう習い事の話！　気が早すぎる！（笑）

正直体外受精のことや細かいプロセスなどは話さなかったし、聞かれもしなかった。ただ、お腹に新しい命が宿っていることを素直に喜び、その喜びを4人で共有できたことが、何よりも嬉しかった。

8年前、夜中に呼び出され、僕たちの付き合いをこっぴどく反対されたときと同じ店内。まさかここで、妊娠の報告をするような場面が未来に訪れることなど、微塵も考えたことはなかった。

こうして無事にそれぞれの報告を済ませ、赤ちゃんを起点に、ファミリーの輪がまた少しずつ広がっていくのを感じていた。

病院での受け入れ

不妊治療を行ったクリニックを卒業し、出産は自宅から近い大学病院にお世話になることにした。そのころ僕たちは子どもの名前をどうしようか、生まれてきてからはどんな環境で育てようかと定期的に3人で会って話をするなど、着々と準備を進めていた。

「今日病院でエコー写真もらったよ。指もちゃんと5本あるって。そんなのまでちゃんと見えるんだね」

「エコー検査って僕も一緒に行けたりするのかな？」

遠慮がちにゴンちゃんが言い出した。

確かに……3人でエコー検査などありなのだろうか。それをするためには関係性も言わなければいけないだろう。とりあえず次回の検査には僕と彼女のふたりで行って確認してみることにした。

考えてみるとエコー検査だけではなく、今後何があるかわからないし、何かがあった時にいざ説明するのでは遅いかもしれない。少しでも不安要素はなくして万全の態勢で出産を迎えられるように、しっかりと相談しておこうということになったのだった。

以前、山下弁護士から病院にはソーシャルワーカーがいるので、何かあった時には相談するといいと言われていたことを思い出した。

医師の診察の時に受付で、

「ちょっと相談したいことがあるのですが、ソーシャルワーカーさんにお時間いただくことはできますか？」

「どうされましたか？　ウチにはソーシャルワーカーはいないんですが、何かあれば助産師にご相談いただく形になりますがよろしいですか？」

「あ、はい。それでは助産師さんにお願いします」

産婦人科の待合室は当然ながら妊婦さんや子どもが多い。走り回る子どもをなだめる親御さんを横目で見ながら、「あと1〜2年もすれば僕もこんな感じになるのかな」と、近い将来を想像した。ほどなく僕たちは呼ばれ、診察室に入ると、そこには少し年配の、存在感あるおばちゃん助産師さんが座っていた。

僕はどこから話せばいいかと、少しずつ言葉を選びながら話しはじめた。

「僕と彼女はパートナーなんですが、お腹にいる子と僕とは血の繋がりがないんです」

「うんうん」

「僕はトランスジェンダーでして、戸籍上も女性のままなので彼女とは婚姻ができず、今回は友人から精子提供を受けて体外受精で妊娠しました」

「なるほど、そういうことなんですね」

「こんな話、わざわざ言う必要もないかもしれないんですけど、やっぱり何かあったときに問題になったら嫌だなと思って。先にご相談させていただきたかったんです」

「うんうん、大丈夫ですよ。でも確か渋谷区とかだと、結婚できるんじゃなかったかしら？」

「あ、条例もご存知なんですね。あれはあくまで条例であって、法律が変更になったわけではないんです。なのでふたりとも渋谷区に在住していればパートナーシップ証明書はもらえるんですけど、法的に効力があるわけではなくて」

「そうなんですね、あまりよくわかってなくてごめんなさい」

「いえいえ。いろいろあるんですが、幸いなことに僕たちは互いの両親も、提供者の友人やそのご家族とも関係性は良好なので」

「それはよかったですね！　うん！　本当によかった。おめでとうございます」

目の前の助産師さんが、本当に喜んでくれていることがわかり、僕たちもおもわず嬉しくなってしまった。後から考えてみると、このタイミングでの相談があるとすれば、望まぬ妊娠や家族関係の悪化など、ネガティブな相談が多いのかもしれない。何がどうであれ、家族に祝福されて生まれてくることを、素直に喜んでくれているようだった。

「実は、提供者の友人も含め３人で子育てしていこうと考えているのですが、エコー検査とか出産の立ち会いとか、その彼も一緒に来れたりするんでしょうか？　病院の手続きとかで今後ひっかかってしまうこともあったりするのかなというのが少し不安でして」

「ぜんっぜん大丈夫ですよ。そんなことでどうこう言うスタッフはうちにはひとりもいませんから安心してください。エコーは大丈夫なはずなんですが、立ち会いに関しては必ずひとりまでと決まっているので、そこはちょっと難しいかもしれません。でもとにかく万全の状態で出産できるよう準備をしますので、もし不安なことや疑問点があれば遠慮なく言ってくださいね」

「ありがとうございます！」

帰り道、僕たちは少し興奮気味に病院の対応について語り合った。

「いやぁ、今日は感動しちゃった。助産師さん、めちゃあったかかったなー」

「ねー！　私もすごい安心した！　ただでさえ不安がいっぱいなのに、何か隠し事があるなんてもっと不安だったし。今日相談できて、本当によかった！」

「本当だね！　僕も病院といえばこれまで毎回受付で保険証の『女性』って表記のせいでひっかかって、先生が替わるたびにトランスジェンダーの説明してって、嫌な思いばっかりだったから……今回はトランスジェンダーって伝えても、驚かれるでも聞き直られるわけでもなく淡々と話を聞いてくれて。こんなの初めてかも」

「それってやっぱりフミノさんたちの活動が大きいからじゃない？　いきなり渋谷区の条例の話が出てくるとは思わなかったし」

「たしかにね。活動やっててよかった、って初めて思ったかもしれないな……」

もちろん僕ひとりで何かをやってきたわけではない。

過去、そして現在にいたるまで、声を上げ、活動をしてきた多くの先輩や仲間たちがいたからだ。彼らへの感謝の気持ちを、改めて嚙み締めていた。

パレードの会場に20万人の方々が来てくれたこともちろん嬉しかったけど、このように日常生活に変化があり、ＬＧＢＴＱに対する社会の理解が少しずつでも進んできたと実感できたことが、何よりも嬉しかった。

そして、父になる

出産は立ち会いを希望した。麻酔による無痛分娩を選んだため、いわゆる計画分娩となった。つまり入院の日程も生まれる日も前もって決まっているから、万全の心構えで臨める……と思っていたら、事前の検診ですでに子宮口が開き始めていることがわかり、入院は予定日より2週間早まることになった。

予定日の前後1週間は仕事を入れていなかったのに、前倒しになった出産予定日にはなんと、講演会が入っていた。マジか……。しかも、今さらキャンセルなどできない案件。うーん、なんてこった……。

「え？　全然断らなくていいよ。会場も病院からすぐのところだし、行って講演して帰ってきても2時間程度でしょ？　そんなピンポイントの時間に生まれることもないだろうし、もし立ち会えなかったらそれはそれ。そういう子なんだよ」

笑いながら話す彼女の言葉に押され、講演は予定通り行なうことにした。

そして、当日。

いま振り返っても、嵐のような1日だった。

予定より早い午前9時ころに病院に到着したものの、病室へ行くとすでに彼女は臨戦態勢でいきんでいる状態だった。

「すぐに生まれてしまうこともありますが、48時間以上かかる方もいらっしゃいますのでこればっかりはなんともわからないですね。でもまぁ平均すると12時間から15時間ぐらいはかかりますので」

前日の助産師さんの説明で、さすがにそんなに早くは産まれないだろうと油断していたことを大反省。

到着するとすぐに「この調子だと今日中には生まれますよ」と、にっこり声をかけてくれた助産師さんは、そこから30分もたたないうちに、「この調子だと夕方には生まれますね」と少し焦り気味。バタバタと病室を出たり入ったりするようになっていた。

「まじか……夕方だったら講演会どんぴしゃかも……っていうか、なんかすごい慌ただしいけど大丈夫なの⁉」

隣の病室からも「ゔゔぅ〜！！！」と苦しそうな妊婦さんの声が聞こえてくる。僕は慌てて「予定より少し早めに生まれそうです」と互いの両親、そしてゴンちゃんにＬＩＮＥメッセージを送った。すると、送り終えるか終わらないかのタイミングで、

「もう生まれます！　こちらにどうぞ！」

「えっ⁉　あ、は、はい！！！」

あれ？　なんか白衣着たり、手のアルコール消毒したりとかしなくていいんだっけ……って、こちらにって、どこに立ってればいいの？

「あ、あの……すみません、僕はどこに立っていればいいでしょうか？」

「えっ？　あ、えーっと、そっちに立ってて‼」

彼女も先生たちも、もうそれどころじゃないという感じで、僕も慌てて指をさされたベッドの横側に立ち、彼女の手を握った。後から聞いたのだが、普段この病棟では１日でひとりも産まれない日もあるのに、この日は７人もの出産があって、本当にバタバタだったらしい。

僕は苦しそうにいきむ彼女の横で、ただただ「頑張れ！　頑張れ‼」と心の中で叫んでいた。


「ふ、ふみゃぁ〜‼」

陣痛が始まってから出産まで約４時間という、超スピード出産だった。頭が見えたその瞬間、第一声の泣き声、彼女の表情、その全てを今でも鮮明に覚えている。「感動した」という言葉が陳腐《ちんぷ》に感じられてしまうほど、あの瞬間の感情は今でもうまく言葉に表せない。

少し落ち着いてから病室を出ると、互いの両親が外で待っていた。ゴンちゃんは残念ながら出張帰りの新幹線の中で間に合わず、到着は夕方となった。僕は母子の無事を伝え、書類手続きをするために階下の受付へ向かった。

「あ、そういえば『お父さん』ってお呼びしていいのかしら？　それとも『パートナーさん』のほうがいいですか？」

「お父さん」かぁ。

なんだか顔がにやけてしまう。

最初に病院に相談した時もそうだったけど、僕たちの事情を知ってくださっている先生方も、特に僕たちを特別扱いするわけでもなく、淡々と接してくださった。それが逆に、嬉しかった。

もろもろの手続きを済ませて病棟に戻ると、そこには互いの両親が肩を並べて嬉しそうに孫の顔を覗き込む姿があった。

「あら、ちょっと、なんでこれうまく撮れないのかしら」と、写真を撮りたいのにビデオが起動してしまって、使い慣れないスマホの操作に手こずる彼女のお母さん。僕はその後ろ姿を微笑ましく眺めながら講演へと向かった。

＊＊＊＊

あれからあっという間に1年半の月日が経った。

子育ては思っていた以上に大変だが、その何十倍も、何千倍も、かわいさと愛しさに溢れている。血の繋がりがないことで懐いてくれなかったらどうしよう……そんな不安は全くの杞憂《きゆう》に終わった。というかそんなこと考える暇も余裕も一切ない。

ミルク！　おむつ！　ミルク！　おむつ！　目まぐるしくも愛おしい、かけがえのない日々だった。

２０２０年の年明けには、初めて彼女のご両親と一緒に5人で海外旅行に行き、楽しい時間を過ごした。孫にメロメロのおじいちゃんとおばあちゃんの姿を見ながら「あの時の猛反対は一体なんだったんだ？」と思わず吹き出しそうになることもあるが、それはもう忘れることにしよう！（いや、一生忘れられないけど笑）

自分が親になれたことはもちろん嬉しかったが、それ以上に互いの両親をジジババにさせてあげられたことが、何よりも嬉しかった。

この気持ちはきっとゴンちゃんも同じだろう。ゴンちゃんのご両親が住む金沢にも近々行こうと話している。親が3人だとジジババは合計6人。我が子の人生はなんだか忙しそうだ（笑）。

子どもについてのことを書き始めたらそれだけで1冊になってしまいそうなので、それはまた別の機会にしようと思う。

未来へ　あとがきにかえて

新型コロナウイルスの感染拡大で、全ての仕事がキャンセルになった。

幸か不幸か、突然できたこの時間を使い、原稿の仕上げにじっくりと向き合うことができた。向き合うといっても、1歳半になった子どもが雄叫《おたけ》びをあげながら走り回る家の中で集中するのはなかなかハードな戦いでもあった。僕が連日パソコンの前に座っていて、自分と遊んでくれないとむくれる顔がまたかわいくてたまらない。そんな我が子を横目に見つつ、振り返ったこの15年間は本当にいろんなことがあったな、と改めて感じている。

これまで書いてきたどのシーンが欠けても、今、目の前にいるこの子がいなかったのかと考えると、不思議な気分になる。どんなに苦しい場面でも最後まで諦めなくて本当によかった。心の底からそう感じている。


子どもが生まれてからの日々は、新しい発見と学びだらけだ。まだ出会ったことのなかった自分の感情に触れる機会も多くなり、生活が圧倒的に豊かになった。

結婚して子どもを持たなければ幸せになれない、と言うつもりは毛頭ない。しかし、LGBTQという理由だけで、血の繋がりがないという理由だけで、こんなに素晴らしい人生の機会をはなから諦めてしまっている、いや、社会から諦めさせられているこの状況は絶対に変えたほうがいい。

子どもを持って一番変わったのは、未来の話をするようになったことだろう。

学生時代のようにネガティブに死にたいとは思わなくなっていたものの、30歳以降の人生なんて、僕にとってはおまけのようなものだった。今日を精一杯生きればいつ死んでも構わない、そんな風に思っていた。

「次世代の子どもたちには自分と同じような辛い思いをさせたくない」「未来の子どもたちのために頑張りたい」――。これまでも、人前でそんな話をしていた。もちろん、そう話す自分の気持ちに嘘はなかったが、どこかリアルではなかったことにも気づかされた。「今できることは最大限やるけど、自分が死んだ後のことまでは知らんがな。勝手にやっておくれよ」と、どこかで諦め気味に、そして刹那的に考えていたのかもしれない。

どんな学校に行かせようか？　習い事は何をさせよう？

留学にも行かせたいから、もっと稼がなきゃ！

この子が20歳になったとき僕は58歳、そのとき社会にはどんな未来が待っているのだろう。

今では毎日、そんなことばかりを考えている。

初めて、未来を考えている自分がいたのだ。

生まれて初めて、「長生きしたい」と思っている自分に気づき、驚いた。

多様性＝ダイバーシティとは、一体誰のことを指すのだろうか？

多様性を語るときによく「高齢者、障害者、外国人、ＬＧＢＴＱなどの多様な人」と形容されることがある。しかし、誰だって生きていれば、いずれは年を取り、高齢者になるだろう。今日の帰り道にでも事故に遭えば、僕も明日から車椅子生活かもしれない。誰だって海外に行けば外国人だし、自分がＬＧＢＴＱの当事者ではなくても、生まれてきた子どもがそうかもしれないし、子どもが連れてきたパートナーがそうかもしれない。

そう考えると、多様性とは今を生きるひとりひとり、みんなのことなのだ。誰もが、多様なそれぞれの人生を生きている。

持って生まれた違いに問題があるのか、違いを受け入れられない社会に問題があるのか。セクシュアルマイノリティがいけないから自殺をしてしまうのか、マイノリティが自殺をするほどプレッシャーをかけ続けていることにいまだに気づかないマジョリティの問題なのか。

これはいずれも、後者の責任だろう。

しかし、僕もこのことについて、偉そうに言うつもりはない。

僕だって、性という切り口で見れば少数派かもしれないが、他に関しては多数派に属していることもたくさんある。

誰ひとりとして同じ人がいない中では、誰もが何かしらのマジョリティであると同時に、マイノリティなのだ。そう考えればマイノリティの課題に向き合うことは、マジョリティの課題に向き合うこと。マイノリティにとって優しい社会は、マジョリティにとっても優しい社会になるのだと思う。

自分が車椅子生活になり、今まで行けたところに行けなくなって初めて「この段差をなくそう！」と声を上げるのか。それとも一生車椅子とは無縁かもしれないけど、もしかしたら明日そうなっているかもしれない、そんなみんなの課題を、今のうちからしっかりと見つめ、みんなで解決しておくのか。

ひとりがすべての問題を解決しようと、無理して100頑張るのではなく、1を頑張る仲間を100人、1000人と、増やしていこう。

想像力で問題意識を共有し、仲間の輪を広げていこう。


男とはこうあるべき。

女とはこうあるべき。

家族とは、社会とは、日本人とは……。


コロナという未曾有の事態を前に、働き方や家族との過ごし方など、これまで「こうあるべき」だと思っていた日常は突如変わり、ひとりひとりが「幸せのかたち」が何なのかを考えつづけ、行動をはじめている。

先の見えない不安もある。

しかし、もしかしたら今が、これまでの常識や慣習から解き放たれた、本当の意味での新しい社会への出発点になるかもしれない。

「こうあるべき」の押し付け合いではなく、「こうありたい」をお互い応援できる社会にするためにも、こんな時こそ歩みを止めず、より大きな想いを乗せて、未来に繋げたい。
自分の未来のため、そしてこの子の未来のために、パパはまだまだ走り続けます。

愛する家族、愛する仲間、誰ひとりが欠けても今の僕はありません。
関わる全ての方々に感謝を込めて。

２０２０年秋　　杉山文野

本書は書きおろしです。

杉山文野（すぎやま・ふみの）

1981年東京都新宿区生まれ。トランスジェンダー。フェンシング元女子日本代表。早稲田大学大学院でセクシュアリティを中心に研究し、2006年『ダブルハッピネス』（講談社）を出版。卒業後は2年をかけて、世界約50カ国と南極をバックパッカーとして巡る。帰国後、一般企業に約3年勤めた後独立。飲食店の経営をしながら、講演活動などLGBTQの啓発活動を行う。日本初となる渋谷区・同性パートナーシップ条例制定にも関わり、渋谷区男女平等・多様性社会推進会議委員やNPO法人東京レインボープライド共同代表理事を務める。小説『ヒゲとナプキン』（乙武洋匡著、小学館）の主人公のモデルでもある。2018年、親友から精子提供を受け、パートナーとの間に1児をもうける。現在は親友を交えた3人で子育てに奮闘中。

元女子《もとじょし》高生《こうせい》、パパになる

二〇二〇年十一月十日　第一刷発行

著者　杉山文野《すぎやまふみの》

発行者　新谷学

発行所　株式会社　文藝春秋

〒一〇二―八〇〇八
東京都千代田区紀尾井町三―二三
☎〇三―三二六五―一二一一

印刷所　大日本印刷

製本所　大日本印刷

　ISBN978-4-16-391293-6